KB199937

양들의 친목

국립국어원 맞춤법을 따르되, 글맛을 살리기 위해 대화 등 일부는
지은이 고유의 표기를 반영합니다.

양들의 친목

램 카페에선 외롭지 않다

하래연
카페
산문집

일상의 리추얼, 차 한 잔의 마법이 시작된다

카페에선 결코 혼자가 아니다.

On n'est jamais seul dans un café.
– Johnny Hallyday

예전에 한 가상의 카페가 있었다.

나는 한동안 이 카페의 단골로 지냈다.

처음 받아든 메뉴판에는 이렇게 적혀 있었다.

"어떤 실재는 가상 같다."

그다음 날 메뉴를 펼쳤을 땐, 또 다른 글귀가 드러났다.

"경계가 지워진 세계로 오신 걸 환영합니다!"

그다음 날에는 또 이런 구절.

"무얼 원하시나요? 메뉴는 매일 달라집니다만."

거기선 한 번도 같은 메뉴를 마신 적이 없다.

그 카페 **Lamb**에서 보낸 날들이

이제 당신의 메뉴가 될 차례.

우선 웰컴 드링크로 차 한 잔 따라볼게요.

"자, 이건 작은 불멸이에요."

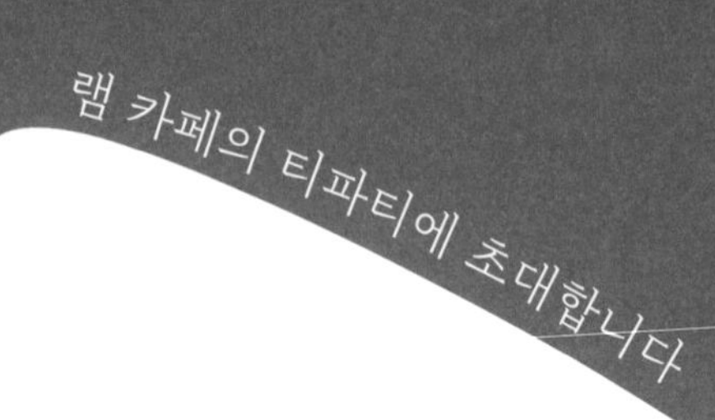

램 카페는 마치
세상에 없는 듯한 공간이었어요.
어느 날 땅속에서 솟아난 듯
작은 길목에서 기다리고 있었죠.

이곳에 갈 때마다
가장 기분이 좋아지는 옷을 차려입곤 했죠.
그러면 신기하게도
그날의 기분에 걸맞은 글들이 절로 써졌어요.
이제, 이 책을 들고 카페에 들러볼까요?

이 책은 포근한 웅성임이 감도는 카페 같아요.

당신은, 모르는 사람들 속에서

이상하게도 외롭지 않은 채

차 한 모금씩 머금듯 페이지를 넘기며

나만의 시간을 되찾을 수 있답니다.

어디론가 향하고 싶은데

어디로 가야 할지 모르겠나요?

그렇다면 오세요.

램 카페는 당신을 위해 문을 열어 두었어요.

당신이 들어오는 순간,

이곳은 당신의 자리로 변할 거예요.

MENU

Automne 단풍 시럽 밀크티

천변 앨리스 / 추위는 늘 새로운 사건이다

방탈출이 되고 마는 외출 준비 / 혼자 하는 티파티

첫 겨울, 그리고 다시 올 / 주머니 시계 토끼 / 온기의 이름, 램

상념 정류장 / 화장실 문을 닫으면 보이는 것들 / 축제를 열자!

오늘이 그날이다 / 제목 없는 날 / 방랑 / 근심이 휴가 간 날

추억의 아플리케 / 이마를 정조준하는 햇빛

반얀트리 옆에서 천장을 사유하다

Hiver 졸린 부엉이 눈 카페라테

첫눈 온 날의 파자마 / 삶에 믿음을 준다는 것은 고도의 곡예다

또 다른 눈의 여왕 / 오래 사는 뼈, 나무 / 첫눈 오는 날엔 우체국에 가세요

나는 아무것도 아니겠습니다 / 눈 라테 주세요, 소낙눈 빙수도요

일간 양들의 친목 / 내게 쏙 어울리는 옷 / 요란하지 않은 행복의 열쇠

눈 위의 첫 발자국 / 서쪽으로 첫 석양이 찾아올 무렵

"Coffee Lamb의 가페지기님께,
늘 마련해 주신 포근한 시공간 속에서
이 글들이 태어날 수 있었습니다.
깊이 감사드리며 이 책을 바칩니다."

Coffee Lamb

작가의 말

빛으로 가득한 이 눈부신 세계 속에서

내 어둠은 너무도 초라하다.

겨우 캐낸 빛 한 조각은

이 세상의 찬란한 빛들 앞에 얼마나 겸연쩍겠는가!

그러나, 그것이 내가 살아 있는 유일한 징표라면

어찌 내지 않을 수 있겠는가?

유령 같은 존재감으로 살아왔고

지나치게 예민한 나머지 사람을 자주 피했다.

어느 모임, 어느 대화 속에서도

세상에 내 자리는 없는 것 같았다.

이런 사람에게조차

어느 온화한 카페 창가 빈자리 하나면

그 순간만큼은 오롯이 내 것이 되었다.

실존을 얻는다는 것은 무엇인가?
내게 주어진 공간을
오롯이 나의 것으로 점하는 일이다.
빼앗기지도, 훼방 받지도 않는 나를 가져보는 일이다.
어느 천변의 카페에서 나는
하나의 사계절 동안 **비로소 실존할 수 있었다.**

일상 속 최고의 호사는
마음의 장소에서 한 잔의 차를 마시는 일 아닐까?

Coffee Lamb, 나의 램 카페.
그곳에서 나는 순간을 응시하며
늘 새로이 태어나는 시간과 매번 상견례를 했다.
아늑한 공간과 대화하며
나 자신과 부드럽게 화해하고 있었다.
나를 사랑스럽게 바라보는 일이
가끔은 가능해지기도 했다.

이런 기억을 가진다는 건 소중한 일이다.

이 이야기는 변방의 삶을 위한 랩소디다.
성공을 구가하는 소수의 삶,
그 언저리는 거대한 여백으로 남는데
이 여백이 매일 폐기 처분되고 있는 듯하다.

변방에 사는 속삭임과 노래들,
그곳에 숨겨진 세계를 한 겹 한 겹 깨워가며
무엇보다 이것은
떠나지 않으면서 떠나는 여행의 이야기다!

CoffeeLamb

Prélude: 램 카페의 사계

글쓰기란, 세상에 대한 주체의 자발성의 확인이자 시간에 대한 구애다.

카페는 쉼 없이 흐르는 상념이 잠시 정차하는 곳.
우리 일상 속, 익명의 타인들과의 거실이다.
여기서 우리는 고독하면서도 고독하지 않다.

카페는 작은 마법이 일어나는 레크리에이션의 장소.
나는 이곳에 술렁대는 온기와 리듬을 만나러 간다.

이 작은 실험실에서 '순간 잡기'를 하나의 의식儀式처럼 거듭하여, 그 흔적을 한 장씩 인화해 보리라.

나밖에 없던 카페에 몇몇이 고여 들었다.
오래된 음악들이 지난 몇 세대의 태엽을 감아주던 끝에
문득, 캐논이 흘러나와 이 나무를 감싼다.
속삭인다.

'들어봐, 별들의 노래를.
내가 몰고 온 바람을 풀어줄게, 들이켜 봐.'

Automne 단풍 시럽 밀크티
온기의 이름, 램Lamb

천변 앨리스

이틀 연달아 하나의 카페에 드나듦은 의미롭다. 녹색의 나뭇잎이 흐린 연두로, 다시 노란색으로 변해 가는 것처럼, 하루와 하루 사이에도 뚜렷한 간극이 있다. 보일락 말락 하지만 분명한 변화들이 항상 진행 중이다. 인간이 조작하여 꾸민 세상 또한 자연 못지않은 생명력을 가지고 어떤 방향으로든 미세하게 진화한다. 매일 달라지는 풍경이 일 년 주기로 돌면 사계四季가 빚어진다.

이를테면 어제의 풍경이란 이랬다.

좋아하는 램 카페, 그 넓은 차양 아래 테라스 자리에 앉았다. 가라앉은 날씨였으나 빛이 옅게 깔려 사색하기엔 그만이었다. 쓰던 소설을 연이어 쓸 수 있었다. 흐름이 좋을 때 그러하듯, 문장들을 누군가 술술 불러주는 느낌이었다.

천변 위로 올라오면 바로 보이는 이 카페의 테라스. 천변 양쪽의 자동차들 소리가 가차 없이 씽씽, 그 어떤 사념이라도 낱낱이 밟아줄 듯한 기세로 끝없이 이어진다. 그러나 이곳에서만 느끼는 기이한 평온 속 나의 오감은, 그 촉수를 펼칠 절대 안락한 공간을 알고 있다는 듯 거의 구애받지 않고서, 여기도 저기도 아닌 어딘가에 깊이 박혀들며 뻗어 나간다.

이렇게 쓰는 동안 밀크티가 식어간다. 시럽을 조금 더 붓고 한 모금 마신다.

어제도 그렇게 몰두하여 있는 사이, 오른편 테이블에 두 청년이 도착했다. 이 자리는 흡연석이었음에도, 그들은 내 쪽으로 향한 연기를 의식하기라도 한 듯 이내 차도 맞은편으로 건너가 피웠다. 의도한 것인지 그들 나름의 편의에서였는지는 몰라도 왠지 배려 깊은 흡연처럼 여겨졌다. 흡연 후 그들은 바로 떠났다.

그들이 비운 자리에 이번에는 한 외국인 아저씨가 왔다. 그리 흔히 본 적 없는 초록빛 자전거를 타고 나타나서는, 테이블 위에 책을 한 권 얹었다. 《Shadowboss》라는 제목이 어렴풋이 눈에 들어왔다. 잠시 후 그는 커피 가루로 채워진 재떨이 위에, 곰이나 토끼 인형의 찻잔으로나 어울릴 법한 노란 에스프레소 잔을 얹어 놓고는 곧장 독서에 빠져들었다. 훔쳐보는 기척을 내지 않을 수 있는 이 위치에서는 그의 모습이 잘 보였다. 멜빵이 걸쳐진 그의 배는 조금 나와 보였다. 그에게서 내게로 느리게 풀리며 날아오는 담배 연기가 그다지 싫지 않았다. 그것은 마치, 그의 깊은 독서의 세계로 출발하며 멀어지는 기차가 뿜어 남기는 길고 아스라한 연기처럼 보이기도 했다.

도대체, 이 천변에서 느끼는 평온은 어디서 기인하는지 모른다. 이 카페는 천변 무대에서 불과 50미터쯤 떨어진 곳에 있다. 저 천변 무대의 계단 좌석 혹은 이곳 테라스에 앉아 있노라면 흡사, 하늘 강가에 있는 기분이다. 천변川邊이 天邊이 되는 셈이다.

여기 앉으면 저 하늘 위, 또 하나의 시름없는 내가 이 낮은 곳의 남루한 나를 물끄러미 바라보며, 작고 하얀 돌들을 세고 있는 것만 같다. 기이한 동시성!

지금은 가을이라 이 천변엔 갈대가 무성하고 그 사이로

간혹, 뛰어가다 넘어지는 아이처럼 햇빛이 쓰러진다. 천변의 계단 앞쪽엔 무대가 있다. 이곳에서 무슨 공연이 이루어지는지는 모르나, 볕 좋은 낮에는 엄마와 아기가 뛰노는 모습이 자주 눈에 띈다. 거듭 보아도 질리지 않는 광경이다. 이 아기들은 세상이라는 무대에 나가기 전 자신이 밟았던 이 작은 무대를 기억하게 될까?

일광욕을 즐기던 어느 오후엔 여기 계단에서, 청바지를 입은 한 남자가 정장을 차려입은 자기 친구의 프러포즈 영상을 촬영하고 있었다. 햇빛 가득한 이곳에선, 희망 부푸는 미래에의 다짐이 거짓 공약처럼 들리지 않았다.

이곳에 오기 위해 천변 위 도로를 걷던 어떤 날엔, 왜가리가 날며 '꺼어'하는 소리를 냈다. 우아하게 날아가는 새의 목청에서 이런 소리를 들은 건 처음이었다. 백조의 노래처럼 비장하기조차 했다.

또 다른 날, 비 온 직후라 물이 조금 불어 있는 천변 징검다리를 건너갈 땐, 웬 생물체가 헤엄치고 있는 게 눈에 띄었다. 다가가 봤더니, 한 마리 쥐가 징검다리 돌 위로 날래게 몸을 움직여 사라져 버렸다. 쥐가 헤엄치는 걸 보다니! 이상한 나라에 들어온 앨리스가 된 기분이었다.

어느 일요일, 카페 오는 길바닥엔 온통, 누가 흘렸는지 모를 트럼프 카드들이 흩뿌려져 있었다. 잿빛 타르 위, 노란 차선 사이에 걸쳐진 퀸과 킹 그리고 스페이드 A. 그러고 보면 개천 주변에 피어 있는 늦가을 장미 또한 어쩌면 트럼프 병정들이 칠해놓은 건지도 몰랐다.

천변의 매력은 조금씩 차차 이야기하기로 한다.

오늘은 어젯밤 내린 비로 온몸이 눅눅해진 데다, 기르는 고양이를 잃어버리는 악몽까지 겹쳐 머리칼과 온몸이 땀에 젖은 채 깨어났다. 평소보다 한 시간 늦게 일어났고, 기분이 영 좋지 않았다. 모든 게 삐걱거리고 아귀가 맞지 않아 뒤틀렸다. 그래서 더욱, 쫓기듯 천변으로 왔다.

지금 바깥 테라스에는 차가워진 기후 탓에 아무도 앉지 않는다. 나 또한 더 안온한 실내를 택하려다 그냥 밖에 앉았다. 비어 있는 옆 테이블 밑에는 천 원짜리 지폐 두 장이 젖은 땅바닥에 붙어 있다.

이 카페테라스 옆에는 빈티지한 초록 철문이 있어, 카페 위 빌라로 연결되는 입구 역할을 한다. 오늘은 이 문으로 여러 사람이 왕래했다.

이런 날엔 밀크티가 제격이다. 나는 투명한 컵을 잡고 천천히 차를 마신 다음, 아메리카노로 리필한다. 새로 온 컵에는 이렇게 적혀 있다.

Make today
the best day
of your life

오늘을 리필하게 된다.

실내엔 그림책 작가로 보이는 두 여자분이 물감으로 가느다란 풀꽃 따위를 그리고 있다.

지금 내 눈앞, 젖은 땅바닥 위에 절로 만들어지는 갖가지 그림들. 그것들을 밟아 귀가하련다. 곧 오후가 기울어 가며 쌀쌀맞게 나를 전송하리라.

오늘은 잊지 말고 이 길 끝 모퉁이의 채소 가게에서 연근을 사야지. 배추, 연근, 홍시가 어우러지는 겉절이를 해 먹을 거다.

이만 안녕. Au revoir! A demain!

추위는 늘
새로운 사건이다

카페테라스에 앉으면, 여기가 내게는 그대로 세상의 중심이 된다. 실제로 귀를 가득 채우는 것은 도로에 가득한 자동차 소리이고, 작은 천변 도로를 걸어가는 간헐적인 자박자박 발걸음 소리와 자전거 페달 소리 따위는 거대한 도시의 소음에 삼켜져 버리기 일쑤다. 하지만 여기 앉아 끊임없이 침묵의 정밀화 그리기에 골몰하다 보면, 어느덧 갖은 소리들은 모두 희미한 배경음으로 페이드아웃 되어 간다. 마침내, 저 끝없는 차들의 행렬은 무성영화 속 슬로모션으로 바뀌어 간다.

간혹 이 평온이 일순간에 붕괴되어 산산조각 난 다음, 그 파편 음흡이 도로 내게 쳐들어온들, 그 또한 나쁘지 않다. 종종 그것은 대낮의 별이 되어 박히기도 한다.

여남은 발걸음들, 킥보드, 자전거, 차 몇 대.

여기는 세계의 센터, 신비의 생성소.

오늘 커피는 특별히 카페라테로 했다. 갑작스러운 추위에 걸맞을 부드러움이 필요했다.

커피잔을 테이블에 앉히자, 라테 표면에 얹힌 하트가 흔들렸다. 다 마셔 커피잔이 바닥나도록 하트의 모양은 그대로 유지되었다. 단숨에 흩어지지 않는 하트의 다정함이 내내 나를 달래주었다.

어제 그제 내린 가을비로 대기는 급작스레 식었고 하늘은 음울한 주문을 외워댔다. 기후에 지배당하지 말자, 는 결심 따위는 소용없다. 어젯밤 나는 존재론적 추위에 포위되어 임시 포로수용소로 이송되지 않을 수 없었다. 게다가 그저께 밤으로 말하면, 모기의 뱀파이어 관능이 내게로 향한 밤이었다. 거의 잠을 이루지 못해 어제는 종일토록 맥을 못 추고 신음했다. 다행히 오늘은 새로운 활력이 돋아났다.

홍시로 단맛을 낸 배추, 연근, 홍시 겉절이를 만들고, 택배로 도착한 두 벌의 바지를 입어 본 뒤 꼼꼼히 흠을 찾아 반품을 결심한 다음, 손톱을 대강 터프하게 깎고서 부랴부랴 나왔다. 이를 닦지 않아서 입안에는 배추, 연근 무침의 고춧가루 맛이 남아 있다. 가뜩이나 게으른 나는 일부러 서두르지 않고는 램 카페에 올 수 없다. 오후, 그것도 빛이 급속도로 미끄럼틀을 타고 스러지는 한가을 오후란, 밀크티 한 모금만큼 순식간이거늘.

아까는 홍시를 으깨 무치며 생각했다. 삼시 세끼란 세상의 주부들을 도태시키기에 딱 좋은 트릭이라고. 밥상, 집밥의 여왕으로 일가를 이룰 게 아니라면. 남편들은 선녀옷을 감추는 수고 따위조차 필요없다. 그냥 세끼 밥만 꼬박꼬박 요구하면 된다. 선녀를 아낙네로 만들려면 말이다.

테라스에 앉으면, 카페 내부 사람들의 소리는 묵음 처리된다. 대신, 작은 벌레 식단으로 점심을 먹고 난 새들의 눈부시게 반짝이는 합창을 듣는다. 오늘 여기 앉아 내가 한 일이라곤 이 테이블 사진을 찍은 것뿐이다. 카페라테의 하트에, 때맞춰 지나가는 자동차의 바퀴들이 함께 어우러지게끔.

그런데 아까 사진을 찍고 있을 때였다. 어떤 엄마가 몹시 귀여운 아이를 안고 지나다가 멈춰 서서 중얼거렸다.

"둥이 둥이, 흰둥이!"

옆집 화단엔 흰 개 한 마리가 묶여 있다. 나도 다가가 사진을 찍었다. 만질 수 있을 만큼 순한 녀석이었다. 그런데 내가 다시 몇 발짝 멀어지자, 느닷없이 컹컹 짖었다. 왜까?

대개의 외로운 개들이 그러하듯, 이놈은 낮은 담장에 고개를 걸친 채 긴 응시의 시간을 견디고 있다.

이제 자리를 떠야 한다. 오후의 램 카페를 비추던 햇빛과의 짧은 조우를 기억하며, 아까 여기 오는 길에 본, 바닥에 널린 대추와도 같은 얼굴빛으로 돌아선다.

Au revoir! A demain!

방탈출이 되고 마는 외출 준비

나는 나 자신에게 불만인 것들의 목록을 줄줄이 떠올릴 수 있다. 그 목록 안에는 분명 '명민하지 못한 외출 준비'도 포함된다. 물론 이 외의 다른 모든 시간도 명민하지 못하기는 마찬가지다. 특히 자고 일어나서 두세 시간 정도의 미적거림만 어떻게 다른 것으로 바꿀 수만 있어도 삶이 달라질지도 모른다.

한 치의 어긋남도 없는 지각생. 이것이 일상 전반의 내 모습일진대 이렇게 되는 데는 번번이 빠져드는 늪들이 있다. 이 웅덩이들만 비껴갈 수 있대도 영화 《사랑의 블랙홀》에서처럼 '매일 반복되는 저주받은 하루라는 굴레'를 벗어나 새로운 날로 발을 디딜 수 있으련만.

늪….

늪 1: 에디슨 전구의 배신

아까는 두 가지 일에 골몰해 있었다.

이삼 주 전, 거실의 장 스탠드가 고장났다. 세상 온갖 번잡한 일들이 그러하듯, 그것을 대신할 새 조명기구를 검색해 내기까지 시간이 좀 걸렸다. 어느 날 밤 관련 사이트를 훑어가며 겨우 골라낸 것은, 천장으로부터 줄을 내려뜨려 사용하는 램프였다. 사이트에 이르길, 이 램프에는 '에디슨 전구'가 가장 예쁘게 어울린다고 되어 있었다. 그래서 그 만 원짜리 에디슨 전구도 같이 주문했다.

과연 값을 들인 보람이 있게도 그것은 아름다웠으나, 다만 밝지 못한 것이 흠이었다.

바로 그 이름도 생소한 '에디슨 전구'를 켜놓고 음미하던 게 엊저녁의 일이었다. 그 고즈넉한 시간은 오래 가지 않았다. 불과 몇 시간 후, 전구는 '퍽'하는 단말마와 함께 멸절해 버렸다. "이리 허접하다니, 정말 실망스럽군!" 하고 뇌까리며, 에디슨을 몰아낸 자리에 LED 전구를 껴 넣었다. 이 새 전구는 밝기의 문제까지 해결해 주었다. 하지만 단 몇 시간조차 버티지 못하고 사망한 에디슨 전구에 대한 내 앙금은 가시지 않았다.

늪 2: 바지의 배신

오늘 아침, 자고 일어나자마자 그 분노는 숨을 거둔 전구와 함께 순장되기는커녕 오히려 죽은 불더미에서 다시 살아나 씩씩거렸다. 이미 택배 상자를 버려서 전구값 만 원을 돌려받을 수 없다는 걸 알면서도 괜히 전화라도 걸어 따지고 싶어졌다. 실제 환불 여부와는 상관없이 단지 이렇게 내뱉고 싶었다. "어떻게, 이쁘다고 적혀 있어 일부러 주문한 전구가 반나절도 못 버티다뇨!"

"원칙상 환불은 불가합니다."라는 답변을 예상하면서도 말이다. 그러나 다행스럽게도 이 램프를 샀던 샵의 전화번호를 끝내 발견하지 못했다. 작은 눈덩이라도 뭉쳐 던져 보려던 집착은 그쯤에서 제지되었다. 복수의 일갈을 위해 인터넷에서 서성임, 이것이 외출이 늦어진 첫 번째 이유였다.

두 번째 문제는 역시 택배로 온 바지들이었다. 지금은 겨우 몸에 맞지만, 살이 조금이라도 찌는 날엔 곧장 맞지 않게 될 모양새. 게다가 화면에서 보았던 '바로 그 핏'이 나와주지 않아 불만스러웠다.

그렇다면 바로 반품 신청하면 그만이거늘 나는 또 화면

을 열어 마우스를 움직여가며 약간의 탐구에 들어갔다. 결론은 이랬다. "내가 원하는 핏이 나오려면 그 옷의 모델처럼 허리가 불과 24인치 정도로 말라야 한다."

모델이 입으면 '감각적인 실루엣', 내가 입으면 '불편한 옷'이 되어 버리는 현실. 그리하여 다시는 이 모델 핏에 낚이지 않으리라 결심했다. 이 결심에 이르기까지는 두세 번의 입었다 벗음, 다각도로 거울에 비추어 보기, 단점과 장점의 충분한 저울질 등의 긴 과정이 뒤따랐다.

탈출에 가까운 외출

바지와 씨름하는 동안, 비 온 뒤 먹구름 속에서 재활용되어 나온 듯한 태양빛이 다시 비추기 시작했다. 이 햇빛이 완전히 스러지기 전에 두어 시간을 카페에서 누리려면 최소한 세 시 이전에는 나가야 했다. 그러나 이에 맞추려면, 내 거처의 삐걱대는 온갖 모서리에 부딪치며 덜컹거리지 않을 도리가 없었다. 늘 그렇다. 고양이는 밥 먹기 전후로 여러 번 토하며 울어댄다. 이 구토의 흔적을 닦아내다가 갑자기 깨달은 듯 물도 새로 갈아준다. 마른 양말들을 걷고, 외출 후 돌아와 먹을 반찬을 만들어 놓고, 그러다가 주말농장에서 일하다 손톱에 끼어버린 배추 흙이 새삼 거슬려져 신경질 내면서 손톱을 깎고 등등, 이런 산만함에 밀려 내 외출은 늘 실제로는 '탈출'이 되고 만다.

마지막 변수: 실종된 액세서리

택배나 고장의 문제가 아니더라도, 하필이면 그날 걸치려는 바로 그 액세서리가 갑자기 실종되기도 한다. 그러면 온 가방과 옷 주머니를 뒤집어엎으며, 인디아나 존스의 성궤나 아서 왕의 성배 찾기와도 같은 과정에 몰두한다.

혹은 어울리는 상하의와 외내의를 매칭하느라, 나 자신에게 종이 인형 옷 입히기 같은 행위를 반복하기도 한다. 문제는, 인간의 부피를 가진 내가 종이처럼 얄따랗지 않다는 점이다.

이러고도 원하는 아귀가 나오지 않을 경우, 급기야 나는 현관문을 거칠게 닫은 다음, 엘리베이터, 그것도 꼭대기 층부터 인내심 있게 찬찬히 내려오는 철문 앞에 멈추어 서서 이렇게 내뱉고야 만다. "남들은 도대체 어떻게 살아가는 걸까?"

Au revoir! A demain!

혼자 하는 티파티

램 카페 쿠폰이 벌써 7개나 채워져, 오늘은 그 보답으로 과테말라 안티구아를 주문했다. 이 공짜 커피와 함께 건포도 스콘을 먹을 작정인데, 이 작은 다과상만으로도 아일랜드에서의 애프터눈 티가 떠올랐다. 굳이 3단 트레이에 다채로운 과자와 케이크를 쌓아 올리지 않으면 어떤가. 이 울퉁불퉁하면서도, 딱 지금 이 시각의 빛에 걸맞은 스콘과 촉촉한 잼, 그리고 부드러운 크림이면 내겐 비할 나위가 없다. 이것은 먹기에 앞서 그리고픈 충동을 부른다. 어제 산 드로잉북에 그려 넣을 참이다.

스콘 그리는 동안, 이어폰 속 BGM은
The Chemical Brothers의 *Dig Your Own Hole.*

오늘도 가뜩이나 외출은 늘어졌다.
블로그에 글 하나 쓰고, 튀김 팬에 기름을 붓고 난데없이 당귀 튀김을 해 먹고, 빨래를 돌린 다음, 그저께 반품 신청을 했으나 여태껏 오지 않는 택배회사를 의아해하며 쇼핑몰 측과 통화까지. 자질구레한 일들이 내 황금 시간과 백금 햇빛을 빼앗아 가 버렸다. 그 결과, 지금은 다소 미지근해진 은빛 햇살만을 받고 있다. 이나마 감지덕지. 택배 반품 과정은 홈페이지 반품 신청만이 전부가 아니어서, 별도로 택배회사와 개별 업체에 각각 따로 연락해야 한다는 것이었다. 반품 신청 과정이 간편한 소셜 커머스가 왜 인기인지 알겠다.

이렇게 시간을 훌훌 따라 버리고는, 투덜거리며 빨래를 넌 다음, 평소대로라면 가장 많은 시간이 할애되는 '옷 입기' 그러니까 '카페 의상 선정'에 단 5분밖에 내어주지 못했다. 보통 30분은 걸리는 일을 단축하기 위해서는, 예전에 무난히 소화했던 코디를 반복하는 것이 효과적이었다.

아까 여기로 오면서 생각했다. 거의 야심이라곤 가져본 적 없는 나의 최소한의 문학적 야심에 대해. 글쓰기 본능을 출구로 삼겠다고 마음먹은 이상, 결론은 분명하다. 이 장場에서도 역시 남과 비슷한 방식을 취하려 한다면, 결국 남만도 못한 채 자기를 잃게 되리라는 것이다.

나는 예술이란 것을, 심혼心魂, 즉 가장 안의 것, 여간 까다롭지 않아 좀체 잘 드러나지 않는 그 어떤 귀한 것이 자신을 드러내게 만드는 방편이라 여긴다. 거기에 어떤 메시지를 담든 간에 기본은 그것이다.

그런 개인적 영역의 것을 무엇하러 예술이랍시고 유통하느냐 반문할지도 모른다. 하지만 내 개념으론, 개인적인 것과 사회적인 것은 그리 선명히 분리되지 않는다.

그리고 표현과 말들은 어느 정도 우회를 미덕으로 삼는 것도 좋다. 사람들은 섣부른 공격을 좋아하기 때문이다. '말은 오해의 근원'이라는 현자 생텍쥐페리의 단언에도 불구하고, 어떤 이들은 말꼬리 잡기를 그치지 않는다. 그러려거든 생텍쥐페리 인용 금지!

예술. 심혼.
그저 가장 나다운 무언가를 하면 족하다.

가족의 흥망성쇠, 사회의 부조리, 인간의 본성 등을 탐구하는 것 등이 아주 못할 바는 아니지만, 정확히 내 영역이라고는 여기지 않는다.

나는 흔히들 생각하는 '크고 작음'이 전도된 세계에 경도된다. 그것을 실제 내 세계라 부른다. 현실의 대사건이 내게는 거의 영향을 주지 못할 때도 많고, 반대로 지나치게 하찮아 보이는 일상의 어떤 것에 내 존재 전체가 흔들리기도 한다.

랭보는 이런 시를 남겼다.

섬세함으로 인해
나는 나의 삶을 잃었다.

삶의 잡다함 속에 깃든 부조리와 아이러니에 마음이 끌린다. 하찮고 사소한 것들로 가득한 세계 됨을 그려 보이는 것, 내 글쓰기 의욕은 거기에 머문다. 당분간은 내 고유의 구덩이(My Own Hole)를 팔 것이다.

이제 짧은 티파티 끝.
서둘러 가야 할 곳이 있어서다.
Au revoir! A demain!

첫 겨울,
그리고 다시 올

램 카페의 실내.

늦은 오후에다 주말이니만치, 평소 자주 앉던 테라스 자리가 비어 있기를 기대하지는 않았다. 지금 그 자리에는 양복을 차려입은 어떤 신사가 걸터앉아, 다리를 꼰 무릎 위로 스마트폰을 들여다보고 있다. 창가의 내 자리에서는 그의 프로필이 잘 보인다. 그는 다소 걱정스러운 얼굴로 누군가와 통화한다. 그의 뒤, 좁은 인도와 차도 위로는 열기 가신 햇빛이 최종 희끗하게 추상화되기 직전, 잘 걸러진 밝음만을 부어놓는다.

이 램 카페 일기를 시작한 이후 맞는 첫 토요일이다. 평일들의 고요는 지금에 와선, 누가 몇 번 주물럭거린 후 놓아둔 반죽처럼 그 형체가 변형되어 있다. 나는 오늘 동행과 함께 천변 계단에서 피크닉을 마치고 이리로 왔다. 평소보다 더 많은 자동차와 사람들. 같은 장소지만 바뀐 환경에서 늘 누리던 고요를 또다시 찾겠다는 것은, 마치 한 여름에 제일 먼저 팔려버리고 없는 아이스크림을 사 먹겠다고 느지막이 어슬렁거리는 것이나 다름없다.

옆 테이블로부터 재산과 사업에 대한 담화가 들려온다. 아까 그 바깥의 신사는 카페 내부로 들어와 운영자에게 핸드폰 충전을 부탁한다.

그새 No Doubt의 *Don't Speak.* 어느 시절 숱하게 들려오던 바로 그 음악이 흐른다. 그해 겨울은, 누군가 내게 'Don't speak!'이라고 말하기가 무색하리만큼 아예 대화 상대가 없었다. 지금 내가 새삼 히말라야나 지리산 동굴로 들어가 은거를 시작할 게 아니라면, 아마도 그 겨울은 가장 외로운 겨울로 남을 것이다. 어쩌면 생애 첫 번째 겨울이라고도 할 수 있을. 그것은 우수수, 한 번 모든 잎을 벗고 숱한 가지까지 쳐 내어진 다음, 오로지 뿌리로만 디뎌 본 첫 겨울이었기 때문이다.

그 가을, 내 인간관계는 마지막 하나까지 낙엽이 되어 죄다 흩어졌다.

살다 보면 오는 어느 이별의 계절. 나는 모두와 차례차례

헤어졌다. 그리고 마침내, 바람의 소용돌이에 둘러싸인 성城 같기도 한, 다소 황량한 언덕 지대의 원룸으로 향했다.

느지막이 일어나곤 했다. 거의 폐인이 되어 있었다. 하도 늦게 일어난 나머지 은행이나 병원에도 갈 수 없었다. 초저녁이면 인근 백화점까지 걸어가, 그날 하루의 첫 식사인 저녁을 먹곤 했다. 히말라야 설산에서 쐐기풀을 씹는 심정으로, 연어 스테이크를 한 점 한 점 잘라 먹었다.

식사 후엔 아이 쇼핑할 겨를도 없이 백화점을 빠져나와야 했다. 그럴 때면 등 뒤로 백화점 폐막 음악인 Mary Hopkin의 *Good Bye*가 흘러나오면서, 단지 연어 스테이크 하나 먹었을 뿐임에도 이 백화점의 VIP가 된 듯 느끼게 해주는, 직원들의 90도 각도 인사를 받으며 백화점을 뜨곤 했다. "안녕히 가십시오!" 하는 합창이, 그들의 굽어진 척추의 건반 위로 메아리치곤 했다. Good bye~ good bye~ 하는 노래 후렴의 꼬리가 나의 그림자를 전송했다. 그러고선 곧, 차가운 바깥 공기에 호- 불면 입에서 탈출하는 흰 김이 서리며, 내 긴긴밤이 시작되곤 했다.

그 겨울, 나는 돈을 마구 썼다. 잔고는 아랑곳하지 않았고, 그 계절 뒤 필연적으로 도래할 봄 이후의 세상은 오로지 남들의 것이라는 듯, 그 겨울이 마지막인 것처럼 살았다. 누구에게나 당연히 오는 봄을 나는 지워두고 있었다.

그때의 이런저런 세팅에 대한 추억. 그것은 적막 한가운데 향기였다. 방의 가구는 최소한으로 간소했다. 가스레인지는 설치조차 하지 않았다. 라면도 달걀 프라이도 은행 볶음도, 모든 조리는 전자레인지로 대신하였으며, 양념들도 철폐했다. 음식에 간이 필요할 때는 오리엔탈 드레싱과 마요네즈로 대신했다. 밤마다 편강을 씹고 끝없이 커피를 마셔대며 무협 비디오들을 섭렵했다.

향 좋은 바디 클렌저로 샤워한 다음, 욕실에 감도는 뽀얀 김을 크지 않은 원룸 화장실의 작은 창을 통해 추운 공기 속으로 떠나보내고서, 난방을 높인 채 방에서 뒹굴었다. 싱글 침대 위에는 고흐의 '밤의 카페' 그림 담요를 깔고 그 위에 '달리 심므'의 달콤한 수선화 향을 뿌렸다. 경험상 그 향이 악몽을 막아준다고 느꼈기 때문이다. 달리 심므 외에도 살바드로 달리 라인의 온갖 향수들이 다 있었다. 달리 믹스, 라구나, 르 로이 솔레이으….

향수를 사러 간 랭카스터 매장에서는, 그 브랜드 모든 라인의 화장품을 차례로 구매한 나머지 담당 직원과는 친구 같은 사이가 되었다. 나의 유일한 대화 상대였다. 크리스마스 때는 내게 특별한 카드를 보내 주기도 했다. 이분은 나의 두통과 취약한 몸 상태가 일종의 신병일지도 모른다며 진지하게 걱정해 주기도 했다. 아마 그럴 거라고 여겼다. 그녀는 자기 친구의 예를 들면서, 이런 경우 내림굿을 받으면 나아질 수도 있다고 했는데, 나는 내 증상이 내림굿을 받아도 어쩐지 진정되지 않을 것 같아 절망스러웠다.

길고 깊게 골진 겨울이었다. 대단히 추운 겨울이었지만, 내면이 첩첩이 냉풍으로 봉쇄된 나머지 오히려 바깥의 추위에는 둔감해져 있었다. 그 추위는 내게 관념적이었다. 나는 내복도 없이 달랑 반팔 앙고라 니트 위에 얇은 가죽 점퍼 하나만 걸친 채, 점점 거세지는 저녁 추위를 뚫고 마트 두어 군데를 돌곤 했다.

삶에서 그 무엇도 반복되지 않는다. 겨울도, 계절도, 나날도, 일상도, 나도. 반복되는 것 같은 느낌은 신기루에 불과하다. 여기 속아 느슨해진다면, 어느새 운명의 철퇴를 맞고 많은 걸 잃게 될 것이다. 이른 실망들에 자신을 내주고 나면, 어느덧 세월은 가고 나는 남겨지는 처량한 신세가 되고 만다. 어린아이가 풍선이나 연을 쫓듯, 조금씩이라도 앞으로 발걸음을 내디뎌야 한다. 나의 잉여 퇴락기가 가르쳐 준 진실이다.

대문호의 작품들만큼이나 내게 깊은 인상을 남긴 기록이 있다. 그것은 영월의 한 폐교를 개조해 만든 도서관에 소장된, 한 평범한 개인의 몇십 년에 걸친 일기다. 그의 기록은 개인사뿐 아니라 그가 살아온 시대 전체에 대한 사료의 가치까지를 지니게 되었다. 존경스럽고도 부러운 작업은 내겐 이런 것들이다.

삼사십 년까지는 아니더라도 내게는 한 사이클 정도의 사계四季를 담고 싶다는 욕망이 있었다. 비발디나 피아졸라의 사계처럼. 사계라는 주제는 꽉 차 있고, 변화무쌍하며, 완결성을 지닌다. 사계라는 사이클은 하나의 시간적 우주다. 우리가 공간적 우주의 모든 경계에 근접할 순 없지만, 시간적 우주는 또 다르다. 한 사이클의 샘플 정도는 자기 것으로 만들 수 있다. 일단 하루, 일주일, 한 달, 한 분기, 그리고 사계.

막연하고 방대하기는 하지만 여하튼 사계를 그려내고 싶다는 욕구가, 불쑥 호수의 수면 위로 튀어 오르는 잉어처럼 솟아났고, 그로부터 머지않아 이 램 카페를 발견하게 되었다. 약 일주일 전 여기 테라스에 앉아 있을 때, 그간 줄곧 떠돌던 생각이 저절로 하나의 문장으로 압축되는 것이었다. *'그래, 램 카페의 사계를 기록하자, 오늘부터!'*

이제 완전히 땅거미가 내렸다. 글쓰기에 도취한 사이, 일몰의 점진적 과정을 놓쳐버렸다. 자동차의 헤드라이트만이 환하다. 카페 안의 체감 온도가 더 올라가고, 문득 이곳의 샹들리에들이 처음으로 눈에 들어온다. 짙지 않은 초록의 카페 내벽이 부드럽게 빛난다.

하나의 멜로디를 애써 기억하려 한들, 다음에 이어지는 진한 멜로디 하나가, 갖은 색들을 덮어버린 검정 크레용처럼 그전의 색들을 덮어 감춰 버리곤 한다.

서서히 벗겨 내어야 한다, 서서히.
삶의 지층에 깔려 잠자는 멜로디들을.

Au revoir! A demain!

주머니 시계 토끼

9월 초, 꿈에 토끼가 나타났다.

그때부터 삶이 가렵기 시작했다. 혹 나도 모르게 미치광이 티파티에라도 초대받은 걸까? 이 무렵 일상의 조각들은 아귀가 맞지 않아 삐걱거렸다.

야릇한 물결들이 몰려왔다. 계획과 정리 정돈의 노력을 쓸어, 먼 데로 보내버렸다. 파편을 움켜쥐려 들면 또, 새로운 물결이 덮쳐왔다. 그 물결들은 일말의 시도들을 가속적으로 격파하며 내 힘을 앗아갔다.

꿈속 토끼는 앨리스의 토끼나 다름없었다. 주머니 시계만 갖고 있지 않을 뿐이었다. 내 꿈에 난입한 이 생물체는 조그만 다과 쟁반을 들고 초대의 몸짓을 보내왔다.

어쩌면 이 9월 토끼의 출현은 재앙의 경고였을까? 크고 작은 재앙들이란 새로이 만들어져 눈앞에 떨어진다기보다, 대개는 지난날의 파편이 떠내려와 애초에 떠나갔던 지점에 다시 와 닿는 것에 불과할지도 모른다.

작은 호랑이 같은, 신령한 내 반려 고양이 제롬은, 이따금 자신의 질병으로 나의 액운을 정화해 주는 것 같기도 했다. 내 공간에 혼란이 범람하여 내가 그 늪에 푹푹 빠질 때마다 그러했다. 이 녀석은 나의 무질서를 대속하기라도 하듯, 스스로 어딘가 편찮아짐으로써 산만하던 나의 집중력을 다시 한 지점으로 모아주곤 했다. 이번에도 어김없이.

막 9월이 된 어느 청명한 아침, 제롬은 뒷발을 제대로 디디지 못하고 질질 끌고 있었다. 뒷발에 반사 감각이 사라진 듯 보였다. 갑자기 이런 증상을 보이기까지 별다른 징후는 없었다. 평소와 다른 점이라면, 지난밤 푹신하고 보드라운 요 대신에 차갑고 딱딱한 맨바닥을 고집하며 잠들었다는 정도다. 물론 그저께는 다른 고양이와 맹렬히 사냥놀이를 했고, 캣타워에서 내려올 때 좀 무리다 싶게 착지하는 모습이 포착되기도 했다.

제롬에겐 입원과 검사와 처방이 이어졌으나, 속 시원히 규명된 것이라곤 없었다. 겨우 알아낸 사실이라면, 애초에 병원에서 예상했던 대로의 고양이 디스크는 아니라는 점뿐이었다. 고양이가 디스크라니! 아이러니하고 비현실적 병명이라 여겼었다. 어쨌든 제롬에겐 당장 정상에 가깝게 걸을 수 있도록 해주는 약이 처방되었다. 이후 긴 투약과 간호의 과정이 이어졌다.

내 생활의 속도는 점점 느려졌다. 삶은 전진보다는 후진을 요구했다. 이 고양이를 시간을 두고 돌보는 일은 마치나 자신의 내밀한 자아를 보듬는 과정처럼 여겨졌다. 이 일이 일어난 건 마침, 이제는 여행을 좀 다녀볼까 하던 시점이었다. 이로써 당분간 발이 묶이게 되었다. 자리를 비우지 말고 바로 내 곁에 일어나는 인과들을 마주하고 탐색하라는 듯이.

꿈속, 한구석에서 토끼가 속삭였다.
"내 주머니 시계를 찾아주세요."

Au revoir! A demain!

온기의 이름, 램

오늘은 램 카페에 가지 않는 대신 시내에 나왔다. 램 카페는 일주일 중 하루도 쉬는 날이 없어 보인다. 그곳에 있었을 나를, 지금 다른 곳에서 휴식시키고 있다.

어제 일요일에는 극심한 수면장애로 낮 4시에나 일어났다. 동네를 돌다 낙지 음식점 앞에서 발을 멈추었다. 환절기 변화에 적응키 위해 낙지력을 소환하기로 했다. 낙지를 먹자 기운이 펄펄 나는 듯도 했다. 소화도 시킬 겸 천변을 걸었다. 천변엔 안개가 가득했다. 바람이 너무하다 싶을 만큼 시원했다. 이 바람은 11월 늦가을의 음울함을 안개 걷어내듯 몰아내고 있었다. 바람에 취하자 커피 생각이 났다.

나는 동행과 티격태격 메뉴를 골랐다. 의견을 핑퐁 주고받듯 조율한 끝에 결론으로 압축된 것은 망고 스무디와 팥빙수였다. 이 시즌에도 팥빙수를 하는 찻집이 있다는 게 의외였다.

누려야 할 바람 몇 모금이 남아 있었기에, 테라스 자리를 택해 앉았다. 우리는 망고 스무디를 한껏 찬양하며 떠먹었다. 하지만 그 달콤함은 금세 싸늘한 냉기로 바뀌더니, 순식간에 척추 줄기를 타고 안면 뼈와 관자놀이까지 퍼져갔다. 딸꾹질을 멎게 하려 숨을 참듯, 그 냉기의 순간에 딱 멈춰 하나, 둘, 셋을 천천히 세었다. 냉기는 이내 누그러져 제 갈 길을 갔다.

밖에서 바라본 실내는 아늑함이 감돌아, 카페 창틀이 프레임이 된 듯, 그 너머 사람들은 부드러운 톤의 인상파 그림 속 인물들 같았다.

가뜩이나 바람이 거센 날 온통 시리디시린 것만 먹었으므로, 우린 곧 실내로 들어가 따뜻한 커피로 냉기를 달랬다. 사람들로 가득한 그림 속으로 들어오자, 사뭇 평온하여 알아차릴 듯 말 듯 슬며시 흐르는 이곳의 마법이 실내 훈기와 함께 온몸을 감싸왔다. 올리브그린 빛 기둥 옆 의자에 앉아 오른쪽을 바라보니, 옆 테이블 커플이 낯익었다. 오직 자기 여자에게만 집중된 남자의 애틋한 눈빛. 어제 그들은 다른 쪽 끝자리에 앉아 있었다. 지금 그들은 나를 알아보지 못할 것이다. 저렇듯 서로에게 열중해 있으니.

이 카페의 분위기는 쥘리에트 비노슈가 나오는 영화 《초콜릿》을 떠올리게 한다. 노마드 인생조차 정착하고 싶게 만드는 다정한 온기의 이름, 초콜릿. 어쩌면 나는 그 반대의 이야기를 갖게 될지도 모르겠다. 근 10년간, 원하는 만큼 떠나지 못하고 있다. 고양이들을 돌봐야 한다는 이유로. 이 작은 존재들은, 아직은 한 곳에서 보호받기 원하는 내 자아의 거울들인 셈이다. 나에겐 이들을 돌봐야 할 업보가 있다. 이 업을 맺고 나면, 원하는 만큼 떠날 것이다. 언젠가 떠나게 될 때, 이 카페는 언제 지상에 있었냐는 듯, 다시 착착 조립되어 땅속으로 숨어들 것만 같다. 땅속에서 갈무리되어 잠시 솟아난 이 달콤한 온기의 공간은.

Au revoir! A demain!

상념 정류장

카페란 잠시도 쉬지 못하는 상념이 정차하는 곳이다. 이 시대엔 너나 할 것 없이 불안하다. 당장에 생존을 위협받는 이들뿐 아니라 그 외의 모두도. 불안하지 않다면, 별 용무도 없는데 그토록 휴대폰을 만지작거릴 리가 없다. 용무가 없다면 용무를 만들어 가면서까지.

무언가를 바라보고 만지는 동안엔, 어딘가 연결되어 있다는 느낌을 받는다. 연결이 느껴지지 않는 시간을 인간은 그리 잘 참아 넘기지 못한다. 이 시대에 가만있음이란 조용함이나 평화가 아니라 불안 그 자체다. 허허로운 들판에서 다가오는 죽음의 그림자를 시시각각 지켜보는 것 같은. 누군가와 연결되거나 무언가를 만들어내는 일, 그 원형은 가족이 되는 일이다.

죽음과 이에 이르는 과정에 대한 공포. 지적인 사고는 그런 걱정의 무용함을 강조하며, 당장 필요 없는 것은 보류하거나 멀리 가장자리로 치워 버리라고 명령한다.

하지만 인지 작용이 심정을, 모든 세포의 외침을 다 설득하고 제어하지는 못한다.

내가 지금 펜을 굴려 이 글을 적어 감도, 죽음의 공포와 불안으로부터 탈출하는 기분을 느끼기 위해서다. 글쓰기 작용이 가져다주는 '유익한 거리화' 효과를 노리는 것이다.

그런데 조금 전 갑자기 볼펜이 나오지 않았다. 확인하려고 볼펜을 돌려 열어보다, 남은 잉크를 손에 잔뜩 묻히고야 말았다. 볼펜 팔 만한 곳을 찾으려 두리번거릴세라, 멀지 않은 곳에 편의점이 보였다. 전 국민의 엄마 같은 편의점! 덕분에 나의 공포와 불안에 대해 적을 수 있었다.

사람들의 휴식과 몰두, 대화가 동시에 일어나는 카페는 '순수한 지속'을 느끼기에 좋은 장소다. 조용히 작업하는 사람들, 약간 소리 높여 대화하는 사람들 그리고 여러 개의 빈 의자를 바라보노라면, 보이지 않는 연결이 느껴진다. 시선을 좀 더 멀리 던지면, 고요히 생동하는 창밖의 풍경이 눈에 들어온다.

쫓기지 않고 무언가를 바라보는 일, 너무도 소중하다.

카페에 올 때마다 작은 구원을 느낀다. 여기 있는 한, 불길한 일이라곤 전혀 일어나지 않을 듯이.

날씨의 급변. 갑자기 가을이 되면서 내가 품고 사는 연약이 맨얼굴을 드러낸다. 그런 날들이다. 기록은 생존 본능이다. 그 허약하기 그지없는 맨얼굴의 초상화를 그려가면서도 오히려 조금은 안도한다.

Au revoir! A demain!

화장실 문을 닫으면 보이는 것들

어떤 공간들은 그 내부로 들어가야 비로소 의미가 드러난다. 램 카페의 화장실 문을 닫고 보면, 눈앞에 문장들이 펼쳐진다. 문 안쪽에는 8절지 크기의 종이가 붙어 있다. 거기 적힌 한마디가 눈에 확 들어온다. 누군가 남긴 문장이 내게 말을 걸어온다.

무심히 지나칠 수 없는 화장실 표어들. 처음 보았을 때 그 문장은 '견디다'였다. 그 뒤로도 몇 번이나 훅, 가슴을 치는 글귀들이 이어졌다.

그리고 이곳에선 때때로, 말보다 이미지가 더 강렬한 메시지가 되곤 한다.

오늘은 글귀가 없다. 대신 이 그림이 나를 바라보고 있다. 《어린 왕자》에 나오는 코끼리를 삼킨 보아뱀, 모자처럼 보이는 그림 말이다.

축제를 열자!

오늘 여기 머무를 수 있는 시간은 짧다. 사찰요리 강좌에 가기 전까지 40여 분. 넥워머와 손 토시로 무장한 채, 해 넘어간 테라스에 앉아 있다.

이 카페에서 그동안 택한 메뉴는 아메리카노 아니면 밀크티 정도였는데, 오늘에서야 다양한 음료를 시도하고 싶어졌다. 화이트 커피 초콜릿이라는 풍성한 음료를 주문했다. 위에 얹힌 크림을 먹고 입술을 핥는다. 크림 가득한 다디단 커피를 마시고 나자, 이번엔 씁쓸한 아메리카노로 입가심하고 싶어진다. 날이 어두워지면서 눈앞의 풍경이 흐릿해진다. 그것을 묘사할 마음이라곤 나지 않는다.

어제는 이상한 날이었다. 아침에 들은 자동 재생 첫 음악이 브라질 가수 Beth Carvalho의 *Vou Festejar*(축제를 열자)였다. 이 노래를 처음 듣는 것도 아니련만 갑자기 눈물이 났다. 이 곡이 새삼, 누군가를 천국으로 보내는 합창처럼 들렸다. 누군가를 그가 떠나왔던 곳으로, 잘 가라, 돌려보내는 것 같았다. 그리고 나 또한, 내가 떠나온 곳에 대한 그리움이 사무치듯 왈칵했다.

꽤 바람이 거세어, 창문을 열자마자 달아둔 풍경이 마구 흔들렸다. 창문 아래로 작은 정원의 잎들이 온통 붉어져 있었다. 문득, 이 흔들리는 풍경 소리가 "어서, 어서 떠나!"라며 날 떠밀었다. 점심 먹을 사이도 없이 길을 나서, 고궁으로 낙엽을 전송하러 갔다. 가는 길에 이어폰으로 이 곡을 듣고 또 들었다.

고궁에 이르니 하늘엔 봉황 모양 구름이 가볍고도 힘차게 날고 있었다. 심정이 풍만해지자, 이제 쌀쌀한 바람이나 일교차엔 면역이 생겼다 싶었다. 돌아오는 지하철에선 이어폰을 꽂고 Astor Piazzolla의 *Invierno Porteño*(부에노스아이레스의 겨울)를 귀에 흘려 넣었다. 반도네온과 바이올린의 세찬 음들을 몸에 칭칭 감으며 '겨울이여, 올 테면 와라!' 하고 속으로 외쳤다.

귀가 후, 빈방이 느닷없이 을씨년스러웠다. 마치 누군가가 어둠 속에 스며든 것처럼. 샤워 후에 발치 난로를 켜고 앉아 있다가 속보를 읽었다. 오랜 세월 대중과 함께였던 누군가가 불의의 사고로 삶을 마쳤다는 소식이었다.

다시금 *Vou Festejar*를 듣고 싶어져 몇 번이고 재생했다. 사방에서 쏟아지는 애도, 반복되는 문장들, 갑작스레 공유되는 추억들. 넘쳐나는 애도를 가만히 보니, 정작 애도는 남은 이들이 각자 자신에게 하는 것처럼도 보였다. 삶의 노예로 비굴하게 견뎌온 나날들과 앞으로 그래야 할 시간에.

죽고 나면, 남은 사람들이 축제를 열어주는 그런 사람으로 살면 행복하겠다. 함께 전송하는 축제. 축제를 열자! Vou Festejar!!

아마도 이 곡, 11월 내내 듣게 되겠지?

Au revoir! A demain!

오늘이 그날이다

까마귀가 아악, 아악 울었다

그새 핼러윈도 지났다.

램 카페에 내 숨결을 심기로 한 것은, 가능한 한 현재를 응시하기 위해서다. 현재란 눈앞의 시간만 의미하지는 않는다. 현재화된 과거나 미래까지 포함한다. 과거든 미래든 그 어느 시점이라도 불현듯 의식 속에 생생히 떠오르면, 그때가 기록을 위한 적시適時가 된다.

오래전, 흘러가는 현재의 모든 현상에 주목하며 의식의 안쪽 지형을 따라가고, 마음의 미세한 흐름을 예리하게 받아 적던 시절이 있었다. 스무 살 즈음이었고, 그 기록은 연습장 두 권 분량이었다. 이후 어느 날, 극렬한 자기혐오의 희생양이라도 삼듯 그 노트들을 버리고야 말았다. 이제 그 글 조각들은 기억의 용광로에서 다시는 살아 돌아오지 못한다.

그 기록들이란, 형언할 수 없이 고통스러운 순간에, 의식보다도 깊은 무언가 혹은 누군가가 나를 넘어서 썼던 것들이다. 지금은 그때만큼은 고통스럽지 않다. 세월과 내가 달라졌다.

바람이 굉장한 날이다. 잠시 망설이다 이내 테라스 자리를 포기하고, 테라스만큼이나 앞의 정경이 잘 보이는 실내 창가에 앉았다. 이 테이블은 널찍한 데다, 이 주변을 떠도는 빛의 장난을 즐기기에도 그만이다. 테라스에 비해 딱히 부족한 것이 없다. 단지, 풍경을 끝없이 어루만지고 지나가는 바람의 부재 말고는.

오늘 바람은 시각적인 존재였다. 아까는 내 집 부엌 창문 밖으로 정원의 나뭇잎들이 소용돌이치며 솟구쳐 올라, 허공을 빙글빙글 돌고 있었다. 얼핏, 그것들은 나비 같았다. 바람이 들어올린 나비들은 그대로 공중에서 열반에 들었다.

그런가 하면 앞 베란다에선, 아직 재개발이 안 된 이 동네의 낮은 옥상들이 보였고, 어느 집에선 누군가 커다란 감나무에 올라 주황빛 감을 따고 있었다.

이어폰 안쪽으로 흐르는 Hugo Diaz의 *Cuesta Abajo.*

다행인가? 나는 아직 새파랗게 젊어서, 당장에 검은 망토에 낫을 든 사자가 따라오지는 않는다. 그러니 아직 탱고를 출 수 있고, 웃을 수 있고, 오후의 램 카페에서 잉글리시 브렉퍼스트 티를 마실 수 있다.

바람은 내 모가지 대신 모자를 날렸다

인터뷰 영상을 보면, 프랑스 작가 아멜리 노통브는 집필할 때 자기 집 안에서도 독특한 복장을 갖춰 입는다. 검은 정장에 커다란 마법사 모자를 눌러쓴 채, 빠른 속도로 노트에 글을 써 내려간다. 그런 모습이 일종의 의식 같았으며, 특별한 옷을 차려입는 행위 자체가 집필에 격을 부여하는 것처럼 보였다.

나도 이 카페에 올 때만큼은 꽤 잘 차려입는다. 젊은 날의 기록 따위 마구 날려버리고 그토록 나 자신을 추하게 여겼으니, 지금이라도 한껏 예쁘게 입혀 줘야만 한다. 망사 스타킹을 꺼내 신기도, 진기한 액세서리를 두르기도 한다. 오늘도 다른 날 못지않았다. 빨간 스타킹에 크림색 펠트 코트, 코바늘로 손수 짠 진회색 울 목도리, 그리고 같은 소재 베레모. 그러나 이런 차림으로 흐뭇하게 골목을 빠져나와 대로에 이르자마자, 마침 잠복하던 짓궂은 바람이 내 모자를 홱 잡아채 달아나는 것이 아닌가!

다행히 그리 멀리 데려가진 않았다. 그 대신 도로 가의 물웅덩이에 퐁당 빠트려 버렸다. 차라리 다행이었다. 더 멀리 갔더라면, 모자는 질주하는 차바퀴에 짓이겨져 버리고 말았으리라.

모자를 주워들고, 다시 집에 들러 비슷한 다른 모자로 바꿔 쓰고 나왔다. 비슷한 모자가 세 개는 된다. 이번엔 아끼와 경로를 바꿔 카페로 왔다. 신호등을 건너 천변 다리로 향하는데, 문득 까마귀가 "아악! 아악!" 웃었다.

#오늘이 그날이다

이 카페의 매력과 미덕을 단숨에 말해 버린다면 재미없다. 벽에 어른거리는 무늬를 만드는 햇빛의 장난처럼, 매력이란 은근한 것이니까. 천천히 다가오는 것들을 한꺼번에 말할 수는 없다.

이 카페에 몸을 담근 이상, 나는 결론의 세계와는 반대 방향의 왕국으로 가야 한다. 저 창밖, 더는 못 기다리겠다는 듯 온 세포를 비비적대는 나뭇잎들과도 나는 한 모금,

한 방울씩만 대화할 거다.

그동안 화장실 명언은, 케첩의 유래에 관한 인문학적 설명과 몇몇 시구절들을 거쳐 오늘은 이렇게 바뀌어 있다.

오늘이 그날이다
-짐 스토벌

#리필
이곳 카페지기는 내게 커피를 리필해 준다.

나는 내가 앉은 자리에서, 내가 아니면서 동시에 나이기도 한 모든 이들에게, 감당키 힘들 만큼 벅찬 희열을 한 잔씩 따라 보낸다. 어디론가 끝없이 향기를 전송하는 바람처럼, 내 샘에서 길어 끓여낸 찻잔을 모두에게 건넨다.

"자, 이건 작은 불멸이에요."

Au revoir! A demain!

제목 없는 날

카페는 두런두런하다. 화장실에 들어가도, 닫힌 화장실 문조차 채 막아주지 못하는 이 소리는, 고향집에 일가친척들이 모여 나누는 웅성거림처럼 들려온다. 소리의 숲을 헤치고, *Living Next Door to Alice*가 흐른다. 가사는 신경 써 듣지 않는다. 내겐 이렇게 들린다. '옆집에 앨리스가 사는데, 하루는 그녀가 토끼를 따라갔다….'

여기 오는 길, 대로의 신호등을 거쳐 다리를 건너갈 즈음이면, 오늘 쓰고 싶은 글의 주제가 신호등 저편에서 기다리다가, 녹색등이 켜질세라 살짝 반쯤 건너와 나를 카페까지 에스코트해 주곤 한다. 그랬었는데, 오늘은 그렇지 않았다. 한때 여기 벚꽃길의 미녀였던 나무들이, 오늘은 일제히 화장火葬의 화염으로 변했다는 것만이 눈길을 끌었다. 붉게 활활 타오르고 있었다. 불꽃이 된 잎들, 죽음을 목전에 둔 이들의 키스는 영원하리.

지난번 책을 집필하기 시작했을 땐, 펜에게 가능한 한 많은 자유를 허용하려 했었다. 그런데 자체 편집 과정에서 다른 목적들이 앞서면서, 이 자유가 조금은 후퇴했다. 그 바람에 해소가 보류된 욕구는, 밀봉된 채 냉장고 안에 잠자는 씨앗처럼, 또 다른 토양에서의 봄을 기다리게 되었다. 이 씨앗을 다시 꺼내 들고 천변에 서 있다. 이것들을 뿌리는 순간과 이후의 모든 과정은 오로지 이 씨앗이 만날 자연에 의탁하겠다. 그리고 피어날 꽃의 얼굴이 자신의 이름을 말해주리라. 꽃이 스스로 그 이름을 말해주길, 기다린다. 그 꽃은 아직, 오늘처럼 제목이 없다. 오늘이라는 날들은, 제목이 없다기보다는 제목을 기다리는 날들이다.

나는 꽃의 태몽이고 싶다.

이번에 펜의 자유가 스스로 택한 것은, 아마도 떠나지 않는 여행에 대한 이야기가 될 것이다. 지난여름 말경에 꿈꾸었던, 자주 떠돎으로써 삶에 리듬을 부여해 보겠다는 갈망은 채 식을 사이도 없이 억류되었다. 원래는 추석이 지나면 거의 매주 떠날 작정이었지만, 그러려는 찰나에 고양이가 보행에 문제를 일으켰다. 매일 약을 먹여야 했고, 이 투약은 갑자기 중단해선 안 되는 것이었다. 그렇게 두 달이 넘었다.

이렇게 된 것을 섭리로 받아들여 나는 머물게 되었다. 떠나지 못하는 대신 마음 놓을 장소를 우연히 찾게 되었으니, 바로 여기다.

오늘 카페에는 길게 있지 않을 거다. 천변 건너 벚꽃길, 그 나무들의 화염 장렬을 바라보기 위해서다. 도시에서 만나는 갠지스처럼. 나 자신을 세월로부터 버림받은 찌꺼기라 여겨 절레절레 고개를 흔드는 일 없이, 고요히 안으로 난 길을 다시 걸으려면.

기왕이면, 세찬 바람을 온몸에 두른 채 저 화염을 바라보고 싶다. 천변 계단에 앉아 마실 수 있도록 리필은 테이크아웃으로 했다. 저 나뭇잎들이 떠나가며 남기는 모든 풍경에 대고 외친다. *Bésame, bésame mucho, última vez, bésame, bésame mucho!*[1)]

Au revoir! A demain!

1) 베사메, 베사메 무초, 울티마 베즈, 베사메, 베사메 무초!(내게 많이 입 맞춰 줘, 마지막 한 번, 내게 많이 입 맞춰 줘!)

방랑

그렇다. 잠시 시내에만 나와도 내겐 방랑이다. 겨우 두어 달 간격으로 거리와 골목 풍경이 속속 바뀌어 가는 이 구역은, 수많은 카페와 술집, 옷 가게와 소품 가게들로 이루어진 병풍이다. 이 족자는 끝없이 다음, 그다음 장면이 준비되어 있다는 듯, 새로운 면이 나타나 기존의 풍경을 밀어낸다. 모든 국적의 음식과 문화가 하나씩 들어오고, 퓨전이란 이름 아래 뒤섞이기도 하며, 패스트푸드와 슬로푸드가 공존하는 곳.

그런데 여기 오면, 나 같이 단순한 종자는 먹을 거, 마실 거 하나 고르는 데 은근 애를 먹는다. 오늘도 공연 입장 전 자투리 시간에 간단히 먹을 걸 찾겠답시고 몇 개의 골목이나 헤맸지만, 지난번에 보았던 가게는 이미 온데간데없다. 커피 한 잔 찾겠다고 들어선 골목은 하필 온통 술 가게나 일반음식점뿐이라, 그 흔한 커피조차 구할 수 없다. 가게들도 붕붕 떠다니는 것처럼 보인다.

오늘은 저녁에 볼 공연을 위해 일찌감치 길을 떠났다. 목적지인 '해괴한 과일'이라는 클럽을 검색해 보았으나 지도가 워낙 개략적인 나머지, 예상되는 지점보다 더 넓은 반경을 헤매었지만, 썩 나타나 주지 않는다.

그런데 해괴한 과일을 찾아 헤매던 중, 어느 소극장 앞 포스터에서 낯익은 이름 하나가 발견된다. 프랑스로 유학 갔던 대학 선배. 그가 이젠 연극 연출까지 하는가 보다. 이 새로운 발견에, 원래의 계획을 급선회한다.

연극 표를 끊고 극장 1층 카페에 들어서니, 찻잔 하나 놓을 자리도 없이 사람들이 빽빽이 앉아 식사하고 있다. 온통 카레 냄새다. 정말 맛난 냄새지만, 아까 요깃거리를 찾아 헤매다 택한 메뉴가 하필 카레 크로켓이었다. 카레 크로켓을 먹는 동안 배철수의 음악캠프에서 흘러나오는 프레디 머큐리의 목소리와 이어진 비틀스의 *Yesterday*를 듣고 있으니, 거리 방황의 정처 없음이 겨우 달래지기는 했었다.

지금 내겐 더 이상의 카레보다 입가심할 커피 한 잔이 간절하다.

누구도 나를 밀어낸 적 없는 공간에서 스스로 밀려남을

맛본 뒤, 조금 더 떠돌다가 이내 다른 카페로 스며든다. 인간들의 공간에서 다소 처량해진 내게는, 이 3층 카페로 올라오기 전 그 앞 공터에서 똥을 누던 고양이와의 눈 마주침조차 심장의 온기가 될 지경이었다.

이 번화가에 나오면 방랑하지 않는 날이 없다. 젊음과 상혼이 뒤얽힌 거리에서 딱 부족한 것은, 익숙한 그리움의 넋이다. 이쯤 되자, 불과 몇 정거장 떨어지지 않은 곳에 두고 온 천변 동네와 램 카페가 내겐 멀고 아득한 고향 같기만 하다.

그나저나 오래 못 본 그 선배를 혹여 만날 수 있을까? 이제 공연 20분 전이다. 나가야 한다.

Au revoir! A demain!

근심이 휴가 간 날

#근심이 휴가 간 날

근심이 휴가 간 날이다. 무엇보다, 오후 2시에 별로 서두르지 않고도 여기 도착해 있는 내가 스스로 기특하다. 비록 꾸물거림으로 빚은 경단 같은 나이지만, 습도가 낮은 날엔 이런 부지런도 가능하다.

이렇게 쨍한 날이면 몸이 두 배는 가벼워진다. 사물들 사이에 도사린 희미함이 싹 가셔, 각자의 광휘와 서로의 경계가 명료해진다. 가끔은 일부러 어디선가 안개를 퍼담아와 건조한 일상을 어스름하게 적셔야 하는 나날도 있지만, 오늘은 그렇지 않다. 9월과 10월 사이의 빛들이 사우나에 가 잘 씻고 한잠 푹 자고 돌아온 날이다.

오랜만에 테라스에 앉았다. 왼쪽 어깨 위엔, 식지 않는 핫팩인 양 햇볕 한 뭉치가 올려져 있다. 아무것도 부럽지 않다.

바로 눈앞을 지나는 자동차의 열린 윈도에 걸쳐, 새하얗고 눈이 크며 목이 가는 강아지 한 마리가 단발 소녀처럼 귀를 나풀거리며 지나간다. 날이 흐리던 며칠 전 내가 '베사메 무초'를 날리던 천변 맞은편 나뭇잎들은 여전히 떠나지 않고 있다.

오늘은 빛의 키스가 난무하는 날이므로, 슬프지 않다.

#추억을 꿰매듯이

언젠가부터 나는 추억을 한 땀 한 땀 이어 붙여 꿰매듯 살고 있다. 작년에는 어릴 적 몽상의 모태였던 계몽사 문고 50권을 온라인 헌책방에서 찾아 주문하는가 하면, 장 콕토의 《무서운 아이들》 역시 웹의 심해에서 건져내는 데 성공했다. 콕토의 책은 요새도 나오기야 하지만, 90년대 판본에만 콕토의 데생이 삽입되어 있다. 근 몇 년간 첫눈이 올 무렵이면, 이 책의 맨 앞 장면이 간절히 그리웠다. 몽환적으로 묘사된 소년들의 눈싸움 정경이 아른거렸다.

모든 인연을 끊고 잠적하여 폐칩하듯 지내던 세월이 있었다. 그 은닉의 망토 속으로, 내가 태어나면서 가지고 나온 무지갯빛 드레스가 빨려 들어갔다. 명부로 끌려간 페르세포네처럼 쉬 돌아올 줄 몰랐다. 그리하여 한동안 이전과는 다른 존재가 되어 살면서, 과거를 벗은 자가 누리는 잠깐의 홀가분함과 그 이후 오래 지속되는 혹독한 맨살의 추위를 차례로 만끽했다.

그리워하면 언젠간 다시 만나는 법.

내 무지갯빛 드레스는 스틱스에서도 탈색되지 않고, 오히려 더 선명한 광휘에다 심지어 명계의 선물인 양 새로운 진줏빛까지 두르고, 다시 지상으로 돌아올 듯 어른거리기 시작했다.

그것들은 우선, 추억 조각의 소환과 작은 탐닉들로 시작되었다. 그중 하나는 고등학교 때 소장하던 시집들이었다. 잃어버린 모든 것이 그렇듯, 자꾸만 그것들이 그리워졌다. 근 몇 년간 온라인 중고서점을 찾아 헤맸지만, 검색만 될 뿐 품절 상태였다. 그런데 불과 삼 주 전, 느닷없이 검색되는 게 아닌가! 그것도 여러 권씩이나. 그리하여 오래된 두 권의 희귀본을 구할 수 있었다.

#작문 수업의 마법

그런가 하면, 고등학교 때 국어 선생님도 잦은 검색의 대상이었다.

고1 때 국어 선생님은 서예실을 맡고 계셨다. 생김새보다는 목소리로 사람을 감지하곤 하는 나는, 선생님이 도무지 좋았다. 선생님의 음성은 모난 데라곤 없이 원만한 백자 내벽을 두루 울려 나오는 듯한 질감이었다.

수업 스타일과 작문을 가르치는 방법은 황홀했다. '어떻게 살 것인가?'라는 제목의 단원을 지날 때는, 몇 명을 차례로 불러 세워 어떻게 살 것인지를 물은 다음, 문법과 주제에 대한 설명 등은 모조리 패스했다. "그런 건 참고서를 보면 된다."고 하시면서.

바로 이 수업 중이었다. 내 절친이었던 영실이는 엎드려 자다가 선생님의 부름을 받았다.

"자 영실이. 얘기해 보아라, 어떻게 살 것인지."

"선생님, 전 영실이가 아닙니다. 이름을 바꿨거든요."

자다 깬 영실이가 뜬금없이 답했다. 이름을 바꾼 것도 아닌데, 그냥 원체 엉뚱한 아이였다.

"그래? 그럼 신령(실영)님, 얘기해 보시죠."

작문을 가르칠 때 선생님은 우리에게 제목 몇 개를 주어 선택하게 한 후, 눈을 감고 명상하게 했다. 그 과정에서 제목과 관련해 마음속에 떠오르는 정경들과 연관된 모든 단어를 노트에 적게 했다. 그리고 이를 바탕으로 작문을 완성해 오라는 숙제를 내주셨다.

나는 이 과제를 하면서, 마치 요술처럼 저절로 글이 써지는 신비체험을 했다. 그렇게 제출한 내 숙제를, 선생님은 가장 뛰어난 작문으로 수업 시간에 소개하셨다. 그리고 내 곁에 다가와 원고를 돌려주시며 말씀하셨다. "이 글을 교지에 내야겠으니 원고지에 옮겨 오너라."

그러고는 "어떻게 이렇게 맑게 뽑아낼 수가 있는지! 천재 문학소녀가 나왔어! 널 내 친구 청준이한테 사사하게 해야겠어."라고 하셨다.

#재회

선생님의 교사 생활은 그게 마지막이었다. 이후 모 대학에 재직하시다가, 아예 우리나라 대학에선 처음으로 서예과를 창설하셨다. 나중에 우연히 어떤 서예가를 만났을 때 선생님 존함을 말하자 그분은 깜짝 놀랐다. 선생님이 어마어마한 분이라 했다.

세월이 많이 흐른 후 문득 검색해 봤더니 많은 자료가 떴다. 선생님이 서예 중에서도 글씨와 전각과 그림이 어우러지는 하나의 장르를 만드셨다는 것도 알게 되었다. 그러나 막상 가보고 싶은 전시회는 이미 다 지나가 있었다. 가끔 검색만 거듭했다. 그러다 어젠 운이 좋아서, 검색하자 마침 인근 빌딩에서 오픈하는 전시가 떴다. 선생님 작품은 하나밖에 걸리지 않는 전시지만, '어떻게 먼발치에서라도' 뵙고 싶다는 심정으로 무작정 그리로 향했다.

마침 선생님이 계셨다. 조금도 변하지 않는 모습으로. 세월이 어지간히 지나서 날 알아보실 리 만무했다. 나는 선생님께 얼른 다가가지 못하고, 떨리는 마음을 안은 채 잘 알지도 못하는 글씨들의 세계를 훑어보며 거닐었다. 간혹, 선생님이 내 옆을 비껴가셨다.

선생님은 작품 순례를 마치고 의자에 앉으셨다. 너무 수줍은 나머지, 평소에 반가운 사람에게조차 아는 척을 잘 못 하는 나는, 이대로 쓸쓸히 돌아설까 잠시 망설였다. 하지만 그건 아니다 싶어져, 행사장에 놓인 초코칩 쿠키 몇 개를 집어먹고 힘을 내어 선생님에게 갔다.

그렇게 상봉은 이루어졌다. 만남이 어색하기는커녕, 선생님은 너무나 반가워하셨다. 나를 기억하시지는 못했지만, 그 시절의 선생님들과는 아직도 연락을 주고받고 계셨다. 나는 선생님이 첫 수업 때 하신 말씀이며 영실이 사건 등을 주워섬겼다. 평소엔 하지 않는 셀카조차 선생님과 찍었다. 선생님은 같이 사진을 찍으니 마치 딸처럼 여겨진다고 하셨다.

갤러리를 나와, 노란 은행잎이 떠나는 방향을 따라 조금 걸었다. 선생님과의 조우를 흡족해하면서도, 그와 만나지 못한 세월 동안 나를 휩쓸어간 방황의 나날들이 한꺼번에 다시 휘몰아쳤다. 이내 걷잡을 수 없는 심정이 되었다.

인근 시장에 들렀다가 귀가 버스를 탔다. 음악으로 진정될 상태가 아니어서 이어폰조차 끼지 않고 창밖만 바라보았다. 그때, 웬 아저씨가 갑자기 기사에게 말을 걸어 운전을 제지하더니 어딘가에 신고했다. 다음 정거장에서 올라타려는 사람들 역시 제지했다. 기사분이 졸거나 해서 운전할 상태가 아니었던 모양이다.

버스 뒷문이 열렸다. 내리고 보니, 하필 또 그 갤러리 앞이었다. 다시금 문 닫힌 갤러리 앞까지 걸어가 마음을 한 번 더 주워 담고는, 지하 영화관에 내려가 혹 볼만한 영화라도 있는지 훑어본 다음, 거리에 흩날리는 낙엽들을 망토처럼 뒤로 늘어뜨린 채 귀가했다.

가장 최근의 추억 탐험은 어제 극장에서 마주친 선배였다. 카페를 나와 극장에 입장하려는 찰나, 입구 의자에 그 선배가 앉아 있었다. 이전과 변함없는 모습으로. 우린 마치 어제 만났던 듯, 내 동기 여자애들 이야기를 나누었다. 하지만 다음에도 당연히 또 마주칠 거라는 기대와 공연 입장의 조급함이 뒤섞여, 정작 전화번호조차 교환하지 않았다.

선배가 번역하고 연출한 극은 재미있었다. 집에 돌아와서도 나는 극 중 주제가인, Eddy Mitchell의 *Fume Fume Cette Cigarette*를 흥얼거리고 있었다.

Au revoir! A demain!

추억의 아플리케

아마도 다음 주면, 또 하나의 추억 아플리케가 완성될 것이다. 이번엔 사람이 아니라 옷이 그 대상이다. 나는 느닷없이 엄마 한복 치마를 고쳐 입겠다는 생각에 몇 주째 골몰해 있다.

이 모든 건 한국무용 클래스에서 시작되었다. 이 클래스에는 연배가 좀 있는 두 분이 계시는데, 그중 한 분이 허리 뒤에 리본이 달린 연습복 치마를 입고 나타나셨다. 한복을 개조해 만든 것이었다. 내가 감탄하자 다른 한 분이 말했다. "엄마 한복 치마 안 입는 거 가져와 봐. 내가 똑같이 만들어줄 수 있어. 우리가 같이 춤춘 지도 벌써 반년인데, 정도 들었고 딸 같고 며느리 같은데, 이제 이런 거 만들어주는 거라도 보시해야지. 이 나이에."

그래서 처음엔 이분께 부탁드릴 작정이었다. 말씀하시는 걸 보니, 이분에게 이런 재봉쯤은 일도 아닐 것 같았다. 그러나 막상 엄마에게서 세 벌의 치마를 업어오고 나자 생각이 달라졌다. 무용 연습복으로만 입기엔 왠지 아까워졌다. 한복 같은 고급 원단을, 무용하느라 땀에 절인 채 자주 세탁하는 것도 별로일 것 같았다. '차라리 양장 스커트로 만들어 고급스러운 외출복으로 삼으면 어떨까? 범상치 않은 패션이 완성되지 않을까?' 등등의 생각이 잇달았다.

그러나 돌아다녀 보니 막상 이 분야의 수선은 미개척지나 다름없었다. 검색조차 거의 되지 않았다. 그나마 솜씨 좋은 블로거 한 명을 찾은 게 전부였다. 그런데 하필이면 그 블로그 속 한 컷이 꽤 그럴싸해서, 어느새 내 머릿속에 입고 싶은 디자인의 표본으로 자리 잡아 버렸다. 풍성한 셔링 주름이 잡힌 라임색 모시 스커트. 그 아래로 흰 모시 안감이 살짝 빠져나오는 형태의 스란치마. 만드는 게 그리 어려워 보이진 않았다. 길이만 좀 손 보고, 허리에 주름을 잡은 뒤, 남는 천으로 허리띠 만들면 끝. 내가 재봉틀을 못 만져서 그렇지, 전문가에겐 일도 아닐 것 같았다.

하지만 막상 동네 수선집들을 순례한 결과, 그 쉬워 보이던 공정은 예상과 달랐다. 수선집마다 의견이 달랐는데 결론은 하나였다. '수선 거부!' 일거리가 밀렸다, 한복은 양장과는 재봉법이 달라서 어렵다 등의 이유였다.

며칠 후, 다시 보따리를 싸 들고 한복 시장으로 향했다. 하지만 사정이 별반 다르지 않았다. 그래도 여기에선 조금 더 정보를 얻을 수 있었다. 속치마를 겉치마와 하나로 붙여 만들려면 공정이 복잡해져 가격이 훨씬 올라간다는 것. 마침 시장 안엔 속치마를 맞추는 곳이 있었다. 그렇다면? '일단 겉치마를 완성한 뒤, 그 길이에 맞춰 속치마를 만들자.' 그렇게 결론을 내리고 물러났다. 한복 개조 생각에 영혼을 내맡기느라, 시장 안에 고소한 냄새를 가득 퍼뜨리던 녹두빈대떡 하나조차 먹지 못했다.

이번에는 동네 양장점을 물색했다. 다행히도 전에 살던 동네 언덕배기에 위치한 의상실 하나가 블로그에 소개되어 있었다. 고객 만족도를 체크한 뒤 그리로 향했다. 거기엔 한눈에 고수임이 느껴지는 부부가 앉아 있었다. '뭐든 맡길 테면 맡겨 봐라.' 하는 눈빛을 한 이들에서, 먹이를 덥석 무는 대신 먹이가 스스로 다가와야 마땅하다는 듯한 태도가 느껴졌다. 이들은, 자신들이 당연히 이 수선을 감당할 수는 있지만 그래도 우선은 사거리의 한복집부터 가 보라고 권했다. "한복감을 다루는 곳이니, 거기 가면 더 나은 부자재나 팁이 있을 수도 있고, 가격도 절감될지 모르죠. 이왕이면 좀 더 발품을 팔아보세요."

이들의 당당한 태도에 마음이 끌린 나머지, 결국 맡기게 될 곳은 이 '사계절 의상실'이 틀림없다고 여기면서도, 단지 경험 축적의 필요에서 방금 소개받은 한복집으로 걸어갔다.

한복집의 디자이너는 수선 여부를 떠나, 옷 보따리를 들고 이리저리 굴러다니다 온 내 모습을 재미있어했다. 우선 그녀는 실크라는 원단을 설명하기 시작했다. 그녀는 자기 전문 지식에 대한 자부심에 도취된 듯, 그 정보를 내게 주입해 피와 살이 되게 하려는 의욕까지 보였다. 심지어 가게에 내놓지 않고 서랍 속에 고이 모셔둔, 고증에 따라 순금을 넣어 제작한, 무려 백만 원짜리 아이 한복까지 꺼내 보여주며 예를 들기도 했다.

덕분에 눈 호강은 했지만, 나는 이 실크라는 옷감의 효용을 대단히 불신하게 되었다. 이런 고급 원단이, 가만히 두기만 해도 스스로 궤멸해 가는 그토록 약한 천일 줄은 몰랐다. 이런 부실한 재료를 가지고 대체 어쩌자고 옷으로 만들어 딱 기념일 하루만 입고서 처박아 두는지 통 이해가 가지 않았다. 그것은 오로지 순간의 미학을 구현하는 것이 전부이고 마는, 돈지랄의 첨병이었다!

실크의 연약함에 고개를 저으며 여기서 퇴장했다. 이미 어두워진 거리를 터덜터덜 걸어, 사계절 의상실로 향하는 그 높다란 언덕을 다시 올라갔다.

의상실 아저씨는 무려 37년 경력이라 했다. 그는 내 치마들에 치수를 적어 넣으며, 처음 재봉 배우던 시절 이야기를 들려주었다. "당시 일터 근처에는 일본 남자를 접대하던 아가씨들이 많았어요. 그 아가씨들이 가봉하러 오면, 속에 거의 옷을 입지 않은 채였지. 그때마다 총각이었던 나는 온몸이 땀범벅이 되곤 했어요."

이야기 속에서 아저씨는 고스란히 그 시간으로 돌아가 있었다. 백만 원짜리 한복에 못지않은 이야기였다.

선불을 마치고 가게를 나와 언덕 아래까지 내려갔다가, 우산을 두고 왔음을 깨닫고는 다시 언덕을 기어올랐다. 그날 그 언덕만도 다섯 번은 오갔다. 우산을 찾으러 갔다가 이번엔, 의상실 바로 앞에 내 집으로 가는 버스 노선이 있다는 제보를 듣고 약간 허탈해졌다. 가게 옆 카페에서 커피로 숨을 돌리고는, 옷을 모두 맡겨 텅 빈 보자기를 들고 터덜터덜 집으로 돌아왔다. 버스는 꾸불꾸불한 뱀 혹은 내장 속을 통과하듯, 이 마을의 후미진 구석구석을 있는 대로 다 훑고 가는 코스였다. 집까지 가는 버스 노선 중 가장 길고 꼬인 경로를 체험한 셈이었다.

옷이 어떻게 되어 나오건, 이제는 나의 몫이다. 예쁜 옷보다도 예쁘게 입는 법이 우선한다. 비록 옷을 직접 만들거나 고치지는 못해도, 질료를 알뜰히 사랑하는 신神의 마음으로 그걸 입을 것이다.

Au revoir! A demain!

이마를 정조준하는 햇빛

가로수 아래를 지날 때, 머리 위로 잎들이 휘날렸다. 떠나는 잎들이 도시라는 무대를 비우기 직전의 부산함이다. 편의점에선 호빵이 돌아가기 시작했다. 호빵이란 것이 아직도 사라지지 않고 계속되다니!

혼자 하는 티파티도 글의 소재가 될 수 있을까 생각하며 다리를 건넜다. 램 카페로 갈 때는 다리를 건너고, 돌아올 때는 하천의 징검다리를 디디곤 한다. 하천엔 목이 긴 왜가리가 해시계처럼 느릿느릿 걸었다. 나의 거실에도 저렇듯 느리게 걷는 고양이가 한 마리 있다.

오늘의 티파티에서 나는 두 가지를 생각했다. 내 능력을 키워서 해낼 수 있는 것과 이미 잘할 수 있는 것. 지금 쓰는 이런 일기는 후자에 속한다.

여전히 우리는 자기 자신을 사랑하는 일에 인색하지 않은지 돌아본다. 이타주의라는 그늘에 눌려 자기 사랑을

폄하하고 있지는 않은지. 모든 가치의 중심인 자신과 대화하는, 볕이 가장 짙은 오후 두 시간 동안의 나를 탐색하는 일을 귀히 여긴다.

오늘은 긴 검정 시폰 스커트에 긴 티셔츠, 그 위로 여름 티셔츠를 레이어드하고, 부피감 있는 숄을 둘렀다. 정성스레 손수 짠 손토시도 꼈다.

작고 투명한 잔에 다즐링 티를 따를 때마다, 그 빛깔은 가을 잎의 변화처럼 짙은 갈색에서 선홍으로 이동해 간다. 색이 아름다워질수록 점차 머금게 될 쓴맛을 미리 경계하며, 나는 얼른 목구멍으로 붉은빛을 방류한다. 곧이어 이어폰을 꽂으려다 말고, 길의 온갖 소음이 내 주변 모든 방향에서 난무하도록, 소리 또한 방류한다.

BGM : Eddie Higgins의 *I Could Write A Book*

나는 지금 누군가에게 묻고 싶다. 혹여 당신 내면의 모든 화려함과 오묘함이 걸러지지 않은 채 바깥으로 표출되었을 때, 그러한 모습을 부끄러워하지 않을 수 있는지. '이런 차림, 이런 행동, 남들은 어떻게 볼까?' 그런 망설임 속에서도 나를 그대로 드러낼 수 있을까?

그가 그 자신일 때 아름답지 않은 자 없고, 그 자신일 때 튀지 않는 존재란 없다. 아까는 떨어져 내리는 나뭇잎을 맞으며, 돌아가는 호빵을 보며 생각했다. 나는 어떻게든 섹시한 할머니가 될 거라고. 세월이 씹다 버린 껍데기 같은 육체를 마지못해 끌고 다니는 노파가 아니라, 마른 껍질 안에서도 끊임없이 수액을 퍼 올리는.

수액과 비밀한 대화를 나누므로, 겨울나무는 섹시하다.

여전히 옆집 개는 짧게 묶인 채 하품을 하며, 여기 테라스의 나를 바라본다. 그새 찻잔은 다 비었고, 내 이마를 정조준하던 태양은 잎들 너머로 멋쩍은 윙크를 던지며 떠난다. 안다, 얼마나 이 빛이 금세 퇴장하는지를. 입동을 지난 햇빛은 무대 뒤를 더 좋아한다.

바람이 식어간다. 천변 맞은편 나무들은 이쪽으로 밝게 빛나는 횃불을 던진다. 이렇게 말하며. *'어서 춤춰!'*

움직이는 나무인 나도, 내 수액을 응시하며 밝은 걸음을 떼어 놓으리라.

Au revoir! A demain!

반얀트리 옆에서 천장을 사유하다

뭐든 꽂히는 시기가 따로 있는 건지, 어느 날 느닷없이 혹해 주문한 달걀 찜기가 도착했다. 우주선 모양처럼 생긴 그것은, 상표조차 흡사 어느 행성의 이름 같은 'BSW-XXXX'였다. 이 기계는 달걀을 삶아줄 뿐 아니라, 스테인리스 그릇도 하나 딸려 있어 계란찜까지 해 먹을 수 있다. 상품 리뷰를 보니, 어떤 이는 쌀을 포일로 감싸 맨 밑에 깔고, 그 위에 감자 고구마 달걀 하나씩과 만두 두 개를 한꺼번에 넣어 익혔다고 한다. 여기에 김치만 곁들이면 한 끼 식사가 되는 셈. 저런 돌연변이 같은 이들이 있어 우리 매일의 반경이 확장되는구나 싶다. 나도 마음만큼은 그런 응용에 달통하고 싶지만, 실제로는 마치 모든 것에 정석이 있다고 믿는 듯이, 우선은 매뉴얼 그대로를 구현하는 데만 급급하다. 그래서 어쩌다 내 사고 체계에 별난 틈이 생기면, 잠시 기뻐진다. '톡톡 두드리고 흔들어서 틈을 따라 틀을 깨야지.'라고, 달걀 껍데기를 까며 생각했다.

수능 전날인 어제는 무척 추웠다. 수험생의 피할 수 없는 시련이라는 듯. 내 추위 대비책은 별거 없다. 추위가 뼛속까지 스며든다 싶으면 사우나로 달려간다. 몸을 잘 덥힌 뒤 사우나 문을 열고 막 밖으로 나온 순간만큼은 잠시나마 인간 조건이 달라지는 느낌이다. 사우나는 우리나라에 특히 발달된 생명의 샘이다.

사우나에서 나와, 저번에 산 코트를 처음으로 입고 카페에 왔다. 달곰하고 따듯힌 개러멜 라테 잔을 손가락 마디에 감아 넣으며, 왼손으로는 테이블 옆의 커다란 화분 식물 잎을 만지작거렸다. 잎의 감촉 때문에 한동안은 감쪽같이 이 고무나무가 인조라 믿어왔다.

이 자리에 앉은 게 벌써 세 번 이상인데, 오늘에야 이 나무가 제대로 보인다. 그동안은 화분 흙에 점점이 얹힌 낙엽들을, 이 나무를 자연산처럼 보이게 하려는 주인의 연출이라고만 여겨왔다. '역시 세심한 센스란 말이야.' 혼잣말하며 시선을 옮기려는 순간, 머리 위로 올려다보이는 어떤 잎이, 자연 그 자체의 징표인 양 시들어 있는 것이 아닌가? 시선을 더 위로, 천장까지 끌어 올렸다. 나무 둥치로부터 가지가 뻗어 나와 천장까지 닿아 있었다. 나무는 이 카페 공간에서 한계를 긋고 있었다. '별을 보고 싶어 하는구나.' 다시 혼잣말했다.

나무는 테이블 위로 자연스레 잎들을 늘어뜨려, 좌석에 운치를 더하고 있다. 지금 이 고무나무의 존재감은, 설령 그것이 인조라 할지라도, 당장 멀리 떠날 수 없는 내겐 반얀트리나 다름없다. 덕분에 처음으로 카페의 천장을 올려다보게 되었다. 문득, 천장과 벽, 사각을 지탱하는 이 안온한 경계들이 안쓰러워졌다. 나무가 살아 있어서다. 사람도 살아서 사각에 갇힌다. 어쨌든 보호는 가둔다.

나밖에 없던 카페에 몇몇이 고여 들었다. 오래된 음악들이 지난 몇 세대의 태엽을 감아주던 끝에 문득, 캐논이 흘러나와 이 나무를 감싼다. 속삭인다.

'들어봐, 별들의 노래를. 내가 몰고 온 바람을 풀어줄게, 들이켜 봐.'

지금 테이블 위에는 마해송의 《비둘기가 돌아오면》이 놓여 있다. 어릴 때 읽은 이 소설을 오래전부터 다시 구하고 싶었다. 이것도 요새 다시 찾은 추억 중 하나다. 이 책도 간간이 검색해 오다가, 최근 문학과 지성사에서 다시 펴낸 걸 알게 되었다.

이 책의 내레이터는 놀랍게도, 한 알의 모래다. '모래알 고금古今'이라는 설정부터가 도무지 예사롭지 않아, 어린 나의 뇌리에 더욱 각인되었다.

나무에게 노래를 들려주고 싶은 지금, 내 눈길은 이 책의 구절들 위로 날아간다.

어느 천변 천막집에 두 명의 청년과 구두닦이 소년들이 함께 살아간다. 그들 중 동오라는 청년은 노래를 아주 잘 부른다. 어느 날 동오는 마리오 란자가 나오는 영화를 보고 돌아와, 친구와 아이들에게 이야기를 들려준다. "영화 속에서 마리오 란자는 목소리가 나오지 않을 지경에 이르러 성모상 앞에 서. 그리고 기도하던 그의 목청에서 문득 '아베 마리아'라는 말이 흘러나오자, 그게 절로 노래가 되어 흐르는 거야."

이 장면을 설명하던 동오는 감격에 겨워 갑자기 '아베 마리아'를 부르기 시작한다.

그때, 천변 양쪽 집에서, 거울을 마주 본 듯 한꺼번에 창문이 열린다. 밤중에 시끄럽게 군다는 말을 들을 줄 알았는데 웬걸, 양쪽 집에서 동시에 피아노 반주를 해준다. 이 노래가 끝나고도 더 하라는 듯 '산타 루치아'까지 쳐 준다.

마치 어디선가 있었을 법한 이야기. 그 천변이 왠지 여기 천변, 지금 내 눈앞의 불빛들과 겹친다.

나의 반얀트리도 들었을 거다. 아베 마리아, 산타 루치아.

Au revoir! A demain!

눈의 행렬, 그 녹아 사라지는 점선들 사이를

밤새 떠돌고 싶다.

Hiver 졸린 부엉이 눈 카페라테

눈이여, 이 쓰디쓴 일상을 덮어주세요

첫눈 온 날의 파자마

지구 온난화는 계속 진행 중이건만, 체감적으로는 매년 겨울마다 점점 더 추워져 간다. 겨울이 올 때마다 추위를 더 잘 막아줄 소재를 찾아 절대 패딩이라던가 부드러운 코트 따위를 갱신하지만, 그다음 해가 되면 이 옷들은 처음의 온기를 박탈당한 듯 어쩐지 충분히 따습지가 않은 것이다. 신상의 기운이 사라져감과 더불어 온기도 휘발되는 것일까? 매번 새 옷을 살 때마다, '이젠 괜찮아, 이 옷이 있으니. 작년엔 어찌 그리 춥게 걸치고 지냈나 몰라.' 하고 중얼거리는 일이 반복된다. 과거 속의 나는 항상 지금보다 젊고, 추위를 더 잘 견딘다. *나이가 든다는 건 열熱을 잃는 일인가?*

새벽에는 슬그머니 문밖을 서성이다 가는 소심한 손님처럼 첫눈이 왔다 갔다. 아직은 이 온 누리에 와인 한 모금이 남아 있다. 그것은 의외로 천천히, 미적미적 비워지고,

그럴수록 나는 점점 햇빛 예찬자가 되어간다.

엊그제부터 손가락 마디가 아프다. 요사이 잦은 작업 때문인가? 오래 건강히 지내려면, 산문에서 시로 장르를 바꿔야 하나 싶다.

손가락에 새로운 통증을 느끼며 문득 떠올리는 말. '세상은 소멸을 아랑곳하지 않는 자에게 비굴하다.' 육체도, 시간도, 관계도, 모두 빌려 쓰는 것일 뿐. 아픔 또한 어쩌면, 삶에 필요한 균형을 자각할 수 있도록 대여된 것인지도 모른다.

마해송의 동화《비둘기가 돌아오면》. 그 내레이터인 모래알 고금은 몰인정하고 부패한 시대상을 개탄하며, 자기가 천 년 전에 보았던 훈훈하고 아름다운 이야기들을 회상한다. 인정 넘치는 의리의 정경들은 시대를 초월하여 심금을 울린다. 그런데 모래알이 말하고 있는 바로 그 시점의 현재, 4.19 당시의 묘사를 보노라면, 가난하면서도 서로를 따스하게 감싸는 삶의 풍경이, 지금 보기엔 퍽 감동적이다. 근대에는 천 년 전을 그리워하고 지금은 근대조차도 그리워하게 되는 우리네 인간 세상. 지구 온난화는 진행 중인데 자본주의는 극으로 치닫고, 정은 더 식어

가고. 그래서 매년 겨울이 더 추워지나 싶다. 사람들이 추워지다 보니 이전보다 개와 고양이를 더 많이 기르고, 때론 감당치 못해 버리기도 한다.

내 얇은 피부 세포가 겨울의 소리에 겨우 적응할 무렵이면, 또 그는 모자를 집어쓰고 퇴장할 것이다. 앞으로 도래할 무수한 추운 밤들. 우선은, 수많은 별이 그려진 파자마를 준비할 일이다. 부드러운 털 파자마를 입고 앉아, 겨우내 어둠을 세공하리라.

Au revoir! A demain!

삶에 믿음을 준다는 것은 고도의 곡예다

열흘만의 램 카페. 그리고 그 열흘은 암흑이었다. 심약하기 그지없는 인간 존재는 단 하루 혹은 몇 시간 사이에도 돌연, 심연 속으로 곤두박질치기도 한다. 그 구덩이는 일단 한 번 그 안에 들면 여간해선 몸부림쳐 빠져나오기 힘들기에 그 이름조차 나락이다. 심지어 그 나락에 들기 바로 전날엔 '나락 방지용, 당장 해볼 만한 즐거운 일 100가지'라는 글까지 써 가며, 특히 11월 즈음이면 기어코 한 번씩 찾아오는 늦가을 앓이에 대한 자구책까지 마련했으나, 소용없었다. 몇 가지 좋지 않은 일이 중첩되어 사면초가에 몰리는 순간, 그 100가지 중 무엇 하나 떠올릴 수 없게 된다. 그걸 적어둔 노트조차 열 수 없이 무기력해지고야 만다.

아직 완연한 겨울로 접어들지는 않은 채 감질나게 오르락내리락하는 날씨, 황체호르몬의 증가, 몇몇 주변인의 고질적인 기고만장함, 실내 건조로 인해 목마름이 비염으로 발현, 수능 추위와 더불어 재방문한 엉덩이 관절 통증, 새로 발발한 오른손가락 마디 통증, 이 모든 것이 겹쳐지며 급격히 우울해지고야 말았다. 우울해질 때면 어느덧, 운명에 대한 피해의식이 괴물처럼 들고 일어서 악순환을 지휘하기 시작한다. 이를테면, 나 자신이 어떤 보이지 않는 힘들에 첩첩이 포위되어 그로부터 자의적으로는 빠져나올 도리가 없다는 식의 생각이다. 분에 겨워 이를 갈면서 참을성이 바닥난다.

BGM : James Taylor의 *You've Got A Friend*

그래, 나는 분했다. 모든 악재 중 결정타는 손가락 통증이었다. 이것만 아니라면 다른 원인쯤은 그저, 한 번 입어 보고 구석에 던져두는 옷처럼 여겼을 것이다. 무릇 나에게 기록이란, 닥쳐오는 현상들을 묘사함으로써, 그것들의 부정적 영향을 중화시켜 견디는 데 도움을 주곤 했다. 그런데 손가락 통증은 바로 그 쓰기 행위 자체를 방해한다. 글쓰기의 유익한 기능인 '현상과의 거리 두기'가 차단되자, 나는 곧장 미칠 것 같은 상태가 되었다. 쓰기를 통해

배설되었어야 할 것들이 유해한 독을 발산하며 혈관을 타고 돌아다니는 것만 같았다.

아까는 급히 외출 준비를 하고 있었다. 매일 먹는 약들을 챙기는 김에 고양이 약까지 함께 준비해 먹이려다, 그그만 내가 몽땅 삼켜 버리고 말았다. 고양이 약이라 해봤자 미량의 스테로이드제. 사람보다 무척 작은 고양이에 맞춰 조제된 거라 별 해로울 리는 없을 것이다. 혹여 어떤 약효라도 나타나, 이번 주에 발발한 손가락 마디 통증과 숙환인 고관절 통증이 조금이라도 좋아지지 않을까, 기대마저 일었다.

그런데, 운명에 대해선 숙고해야 할 것이 있다. 세상에는 섭리가 깃들지 않는 현상이란 없다고 믿는다. 아무리 황당하고 부조리해 보인들, 랜덤으로 발생하는 일은 없다고. 그리고 어찌 되었든 고통이란, 무모할지도 모를 어떤 진행을 정지시키는 순기능을 갖고 있다. 정지선에 멈춰 숨을 고르고, 고통이 가리키는 지도를 찬찬히 살펴본다면, 가야 할 새로운 이정표들이 떠오를 수도 있다.

삶에 믿음을 준다는 것은 고도의 곡예다. 믿음은 쉬 학습되지 않는다. 믿음에 이르는 과정은 때로는 눈물도 삼켜 가면서, 아직 드러나지 않는 인과에까지 마음 열 것을 요구한다. 이런 의미에 비추어, 삶과의 관계에서 예쁜 사랑 따위는 존재하지 않는다. 어쩌면, 언제까지 이 짓을 계속 해야 하나 싶은 외로운 사랑만이 남아 있을지도 모른다.

오늘은 나만의 반얀트리(아마도 다른 이들에게는 더도 덜도 아닌 고무나무에 지나지 않을)가 저의 그늘을 내려 주는 창가 자리 대신, 이 나무와 대각을 이루는 주방 앞 구석에 앉았다. 추운 계절이므로, 안쪽의 이 깊숙한 자리가 딱이다. 여기 앉고서야 비로소, 반얀트리 외 이런저런 다른 화분들도 보인다.

신기하다. 나라는 까다롭고 외로운 영혼은, 예전엔 맘 붙일 카페 하나 찾기도 힘들었고, 설령 찾더라도 그 안에 탐나는 자리 하나 잡아 앉기도 어려워했다. 그랬었건만, 어찌 이 카페는 모든 구석의 크고 작은 자리들이 각각의 느낌으로 다정한지. 어디 앉아도 다 만족스러워, 굳이 다른 자리로 옮겨 앉을 마음이 들지 않는다.

내가 램 카페에 오지 않은 사이, A3 용지 크기의 수많은 창유리에는, 갖가지 눈 결정 모양으로 오려진 새하얀 무늬들이 붙어 있다. 이 카페에서 바라보는 눈송이는 저렇게 커다랗고 다채로울 것만 같다. 제대로 첫눈이 내리는 날, 반드시 오리라.

Au revoir! A demain!

또 다른 눈의 여왕

강아지들은 털이 많아 과연 덜 추울까? 추운 날 주인과 산책하는 개들을 보면 번번이 이런 생각이 든다.

초저녁의 램 카페는 비어 있다. 한산한 김에, 소지품들을 넓게 펼칠 수 있는 테이블에 앉는다. 내 짐이라 봤자 한 권의 책과 두 권의 노트가 전부지만, 한기 가득한 계절이니만치, 벗어둔 목도리와 손 토시 등도 한몫의 공간을 차지한다.

"난방해 드릴까요?"

카페지기님이 메뉴판을 들고, 의자에 외투를 걸치고 있는 내게 다가오며 묻는다. 천으로 된 메뉴판 위엔, 음료 이름들이 자수로 새겨져 있다. 빨강 하트 무늬 옷을 입은 앨리스 토끼도 눈에 띈다.

"아뇨, 지금도 따듯해요."

"이 건물 자체가 워낙 따듯해요. 그래도 손님들이 추워하실 땐 난방 틀어요. 건물을 되게 잘 지으신 것 같아요."

"그랬군요. 전 난방 많이 해서 따듯한 줄 알고, 이래서 어떻게 장사가 되나 걱정했거든요."

곧, 블루베리 라테가 앞에 놓인다. 뽀얀 우유의 부드러움과 블루베리의 상큼함이 묘하게 어우러져 있다. 커피로 속 쓰리고 싶지 않은 날에 특히 좋다.

지금 이 창가 자리, 바로 옆 창에 가득한 흰 눈꽃 스티커에 다시 눈길이 머문다.

안데르센 동화 속, 카이의 눈에 얼음조각을 박히게 한 뒤 그를 납치해 간 눈의 여왕 말고, 또 다른 눈의 여왕이 있다면? 그녀가 만들어 부리는 눈송이들의 모양은 저러하리라. 나는 있어 본 적 없는, 하지만 어딘가에 있을 것도 같은 또 다른 눈의 여왕을 꿈꾼다.

본래 둘은 자매였다. 그녀들이 자란 왕국에서는 왕위 계승을 위해 경합을 벌이게 되어 있었다. 15세 성인식을 앞두고, 그녀들은 각기 고립된 방에서 새로운 눈의 결정을 만들어내야 했다. 그것은 마치 옷 디자이너의 겨루기와도 같았다.

아, 이 동화를 계속 이어가기엔, 입구 가까이 앉은 커플의 아름다운 키스가 눈길을 붙든다. 그들은 주스를 빨다가 문득 입을 맞추곤 한다. 카페지기는 주방에서 분주하고 손님이라곤 내가 유일하므로, 나는 이 장면의 둘도 없는 목격자가 되고 만다. 그것은 너무 아름다워 누구라도 보아주지 않으면 안 될 듯하다. 의무적으로, 저들 가장 아름다운 순간의 증인이 되고 만다. 반복되는 '아름다운'이라는 형용사를 다른 것으로 바꾸고 싶지 않을 만큼 아름답다.

다시 동화로 돌아가 볼까?

두 자매는 쌍둥이였지만 생김새도 품성도 달랐다. 정확히는, 그들의 마음 씀씀이가 각자의 모양새를 다르게 빚어갔다. 언니는 키가 크고, 코도 좀 더 뾰족하고 높아 보였다. 날카로운 눈빛을 지녔고, 머리가 좋았으며, 말수는 적었고, 거의 웃지 않았다. 잘 먹지 않아 날씬하고 가는 몸에는 연푸른 드레스가 어울렸다. 그녀는 그 옷을 입고 자주 바이올린을 켰다. 그 날카로운 음색이 허공을 찌르면, 공주가 머무는 궁 주변으로 서리가 쏟아져 내렸다.

반면, 동생은 키가 조금 작고 먹성이 좋았는데, 특히 단

것을 즐겨서 얼굴과 몸이 동글동글해졌다. 부드러운 눈빛은 사랑스러웠고, 잘 웃었고, 즐거이 노래 불렀고, 많이 지껄였다. 그녀는 연한 분홍빛 드레스를 즐겨 입고서, 오보에를 불곤 했다. 부드러운 음색이 퍼져 나가면, 그녀 방 주변으로 한 떼의 순록들이 몰려들어, 서로 몸을 포개고 잠이 들었다.

드디어 경합이 끝났다. 예상한 바와 같이, 언니가 만든 눈의 결정은 날카롭고 섬세하게 고왔다. 그것에선 빙산 꼭대기에서 켜는 바이올린 소리가 들리는 듯했다. 허공에 던지면 표창처럼 날아가 모든 것의 심장을 꿰뚫을 듯했다. 그것은 임종하는 백조의 눈물을 얼려 만든 것이라 했다.

동생이 만든 눈은 둥글고 부드럽고 포근했다. 허공에 던지면 방울져 떠다녔고, 작은 구슬들이 까르르 웃는 듯한 소리를 냈다. 눈송이들은 허공에서 춤추며 기분 좋은 멜로디를 사방에 날렸다. 마치 헤아릴 수 없는 향기를 품은 향주머니 같았다. 그것은 장미 이슬을 모아 달빛에 숙성시켜 빚었다고 한다.

동생이 만든 눈의 결정은 언니의 것 못지않았지만, 어느 나라에나 있을 법한 나쁜 신하의 음모로 인해 작은 공주는 참패하고 만다. 게다가, 이 계략은 부당한 왕위 찬탈로만 끝나지 않았다. 공주는 서둘러 도망쳐야 했다. 나쁜 대신은 작은 공주를 따르는 신하들을 견제하고자 작은 공주의 암살을 계획했고, 이를 엿들은 공주의 시종이 공주에게 귀띔하여, 둘이 같이 방랑을 떠나게 되었다.

이 나라의 경계를 이루는 숲에 이르자, 시종은 자신이 들고 가던 동생의 눈 결정을 돌연 삼켜 버린다. 혹은 고마움의 표시로 작은 공주가 먹였는지도 모른다.

그렇다고 해서, 이걸 삼키고 마법이 풀려 힘 있는 나라의 잘생긴 왕자로 변하거나 하는, 여러분이 기대하는 그런 일은 일어나 주지 않았다. 여전히 그는 주근깨투성이 시종일 뿐이었다.

어쨌든 그는 힘이 솟구치는 걸 느꼈다. 그는 이 숲에 미리 대기시켜 둔 용에 공주와 함께 올라타, 다른 하늘 끝, 또 다른 눈의 나라로 날아갔다.

새로운 눈의 왕국에서 그들은 영원한 연인이 되었다. 둘이 함께 따뜻한 눈을 만들고 나라를 다스리며 언제까지고 즐거웠다. 이제, 유난히 크고 따스하며 부드러운 함박눈이 내릴 때면, 그들을 기억하자. 그들이 내린 눈이 사람 눈에 들어가면 무엇이든 아름답게 빛나 보였고, 이 눈을 먹으면 심장에 박힌 얼음 조각들이 녹아내렸다. 마법적인 사랑의 눈나라 백성들은 눈을 굴리고 뭉쳐 눈사람을 만들며 이런 노래를 불렀다.

눈은 차갑지 않아요
눈은 찌르지 않아요
눈은 감싸요
눈은 따스해요

시종이 공주의 연인이 되고
모두가 즐거이 노는 나라
공주는 결코 다이어트를 하지 않아요
우리는 따뜻한 눈나라 백성

올해는 기왕이면 따뜻한 눈나라 쪽에서 눈이 와 주었으면 좋겠다.

여전히 서로에게 몰입 중인 저 커플이, 지난번의 그 커플일까? 나는 눈썰미가 없어 잘 알아보지 못한다. 하긴, 여기는 연인들이 깃들고 싶어 할 둥지 같은 곳이니 저런 커플이 여럿이라 해도 자연스러운 일이다. 여자친구를 바라보는 저 남자친구의 표정은 마치 데이지를 바라보는 개츠비의 눈빛 같다. 저들을 작은 공주와 시종의 환생이라 믿기로 한다. 오늘만큼은, 그리고 따듯한 눈 내리는 날들만큼은.

Au revoir! A demain!

오래 사는 뼈, 나무

머리 어깨 무릎 발 무릎 발.
머리 어깨 무릎 발 무릎 발.

여기에 허리 고관절 팔 손마디 등 몇 개의 관절만 더 추가하면, 그대로 갱년기 노래가 된다. 일상을 정돈해야 한다는 강박만 없어도, 삶은 얼마나 더 편리해질 것인가! 자꾸 힘이 떨어져 간다.

노화는 점진적으로 진행되는 것임에도, 어떤 임계점을 넘어 증상으로 발현되는 순간엔 돌연한 것처럼 느껴진다. 그것은, 거처를 급습하여 소파에 눌러앉아선 좀체 떠나지 않으며 내 집에서 기어코 밥까지 얻어먹겠다고 우기는 불청객을 닮았다. 예고나 기별이 있다면 미리 준비라도 할 텐데, 그런 친절은 날 것 자체인 삶을 고스란히 학습하는 데 전혀 교육적이지 않다는 듯이, 노화는 우리의 느린 인식을 질러 어지간히 거칠게 도착한다.

때로는 나를 가꾸는 일조차 지나치게 에너지가 들어, 그냥 다 놓아 버리고 만다. 특히 오늘 같은 토요일 오후엔, 체크무늬 바지에 캔버스 신발을 곁들이고, 이 차림새를 결정적으로 완성하는 산발 머리를 흩날리며, 램 카페로 오는 다리를 건넜다. 바람이 거셌다.

그러고는, 카페 쿠폰에 일곱 개의 스탬프를 채운 선물로 케냐AA에 헤이즐넛 쿠키를 곁들이며, 초점이 부실해진 눈으로, 안개 자욱한 미지의 숲에서 전설의 동물들을 추적하듯 이 글을 쓰고 있다. 남아 있는 모든 날보다 오늘이 가장 행복한 날이라 여기며. 노화를 느끼는 지점부터는 이런 마음이 절로 들 수밖에 없다.

노화라는 손님은 쫓아내려 하면 할수록, 이 불청객은 신드바드의 목을 타고 올라앉은 노인처럼 끈질기게 내 목을 졸라 기운을 쪽 빼 버린다. 초조해하며 거부할수록 그 힘은 더욱더 강해진다. 젊은 날의 문제들이 주로 '가진 힘을 어떻게 다스려 사용할 것인가?'에 집중된다면, 그 이후의 문제는 나날이 사라져 가는 힘으로 어떻게 자기를 운영해 나갈 것인가 하는 더욱 업그레이드된 난제가 된다. 그리하여 앞으로의 나날들엔 더 어려운 삶의 곡예가 남은 셈이다.

어제까진 날이 꽤 음산했다. 주저앉은 컨디션을 급속 충전시키는 방법은 찜질방으로 달려가 땀을 내는 것이다. 그러나 어제만큼은 그곳도 언제나처럼 생명의 샘이 되어 주지 못했다.

색색깔로 꾸며진 자수정 방. 입구 벽에 기대앉아, 맞은편 벽의 자수정으로 모자이크된 한 마리 학을 감상하면서, 레몽 라디게의 《육체의 악마》를 탐식하고 있었다. 그때 두 아주머니가 들어와 방 중앙에 나란히 눕더니 대화를 주고받기 시작했다.

"예전에 삼일장, 오일장이니 하는 게 다, 덜 죽은 사람이 다시 깨어날지도 몰라 그런 거잖아. 근데 요샌 덜 죽은 사람도 그냥 갖다 확 냉동시켜 버리니 말이야…."

"큰오빠보다 엄마가 먼저 가셔야 할 텐데. 아는 할머니는 구십 넘어 사시다 보니, 자식 며느리 남편 다 앞세우고, 쯧쯧."

"요새 병원엔 순, 보험 가짜 환자 많아. 다 신고해야 해. 나처럼 진짜로 다리가 아픈 사람은…. 아우, 발가락 끝에가 감각이 없는 게, 못 걷겠어."

죽음에 대해, 내일 담글 김장 이야기하듯 아무렇지 않게 말할 수 있게 되는 나이가 언제쯤일까? 몇 개의 병환과 죽음을 목도하여 전송하고 나면, 저렇듯 초연 담담하게 말하게 되는 걸까? 노화, 질병, 죽음, 이 쓰리 콤보로 핑퐁을 날리는 아주머니들의 대화에 더는 땀을 낼 수도 없이 서늘해져서는, 도망치듯 찜질방을 빠져나오고야 말았다.

곧 긴 겨울이 올 것이다. 유난히 긴 가을이었다. 이제 지상의 나무들은 무너지지 않는 뼈들처럼 서 있다. 나는 한껏 추위를 느끼며 유약한 소비재인 내 육신을 숄로 둘둘 감쌌다.

'연약한 우리가 삶을 견딜 방법은 오직 온기뿐이야!' 이 카페의 화분들이 속삭인다.

카페 손님들은 하나같이 이 공간의 언저리에 자리했다. 창가와 입구, 주방 가까이, 빨간 로스팅 기계 앞에 모두 여섯 팀이 포진했고, 중앙의 두세 테이블은 비어 있다. 세 개의 샹들리에엔 촛불 모양의 작은 등이 각각 두 개씩만 켜져 있지만, 샹들리에 외에도 또 다른 조명들의 보조로 카페 안은 충분히 밝다. 샹들리에 아래, 외곽 테이블을 점한

남녀들. 이 구도는 마치 탱고 바를 연상시킨다. 단지, 홀의 중앙을 채우고 있는 것이 지금은 춤추는 사람들이 아니라 테이블들과 의자들일 뿐. 이 사물들은 움직이지 않는 것이 아니라, 춤추다 잠시 멈춰 서 있을 뿐이다. 연약한 소비재의 육신을 가진 사람보다 더 오래 사는 나무들의 뼈로 만들어진 그것들은.

온기의 나라에선 가운데가 비어 있거나, 멈춰 있어도 좋다. 가장자리로 둥근 원형이 만들어지면, 찻물이 끓고, 언제까지고 파티가 이어질 것이다.

Au revoir! A demain!

첫눈 오는 날엔
우체국에 가세요

바로 옆자리에서 대화 소리가 들려오지만 아직은 이를 차단하고자 이어폰을 꽂지는 않는다. 당분간 약 10분간은. 그들이 비밀스러운 듯 조용조용 속삭이니만치 오히려 더욱더 귀를 기울이게 된다. 들리는즉, 나이 든 사람들의 은밀한 연애 이야기가 사교춤 세계를 배경으로 펼쳐지는 듯한데, 아뿔싸, 흥미가 채 무르익기도 전에 그들은 급히 가야 할 데가 있다는 듯 계산을 서둘러 마치고 초저녁 길을 다시 떠난다.

오늘 메뉴는, 특별히 예쁜 노란 잔에 담겨 나온 에스프레소 콘파냐. 작은 잔에 풍성히 올려진 크림이라니! 눈 같은 휘핑크림! 비록 지금 눈이 내리고 있진 않지만, 이미 내린 눈으로 하얗게 덮인 바깥을 음미하기에 어울리는 음료다.

'눈이여, 이 쓰디쓴 일상을 덮어주세요.' 이렇게 속삭이고 싶다.

비밀스러운 커플에 이어 또 한 명의 신사마저 떠나, 지금 카페엔 나 혼자 남았다. 지나간 시대의 음악이 아득하다. 이곳의 음악은 웅장하게 공간을 지배하는 대신 '잊지 않고 항상 흐르고 있다.'는 정도의 존재감이다. 구석에 앉은 외로운 귀를 슬며시 매만져주는 온도다. 여기 음악의 태반은, 잊힐 만하면 어디선가 우연히 다시 들려오곤 하는 이전 시대의 가락들. 바깥의 차 소리가 간간이 배경음으로 추임새를 넣는다.

카페지기님은 전혀 수다스러운 분이 아니지만, 문을 열고 들어서는 나와 눈이 마주치는 순간, 그리고 내가 주문하러 주방으로 다가설 때, 그 헝겊 메뉴판을 건네는 그녀의 표정엔 반가움이 묻어난다. 우리는 동글동글한 대화를 뭉쳐 굴린다.

"눈 오는 날 이 카페에 앉으면 좋을 것 같았는데, 그날 그만 너무 졸려 오질 못했어요."

"겨울 되면, 여기 텅텅 비고 썰렁해요."

"그래요? 많이 올 거 같은데…."

"여긴 봄에 좋아요. 벚꽃 필 때 정말 예뻐요."

"저도 다른 동네 살다 우연히 벚꽃 철에 와 보고는, 여기로 이사 와야겠다고 노래를 불렀었죠."

"아, 이사 오신 거예요?"

"예, 올 1월에요. 이 카페 오래되었나 봐요?"

"3년요. 이 동네에서 제일 처음 생겼어요."

"같은 구라도, 여긴 동네 느낌이 참 달라요."

"그래서 작가나 화가분들이 많이 이사 와 사세요."

작가나 화가들이 이 동네에 끌리는 이유를 알겠다. 도회지만 아파트 숲이 아니라 나지막한 빌라와 주택, 개천이 옹기종기 모여 정말이지 마을 같은 마을의 모양새를 이루었고, 거주민들 또한 이런 마을에 어울리는 얼굴들을 하고 있다. 삶의 공허가 커져갈 만하면 위로가 바람처럼 와 고이는 곳, 기왕이면 그런 곳에 살아야 한다. 일상 속 늪과 빙판은 늘 아슬아슬한 거리에 있으니까. 자칫 발을 헛디디면 엄한 데 빠지거나 미끄러지기 일쑤니까.

이내 차례로 몇 테이블이 채워졌다. 두 개의 자리엔 어떤 분들이 작업 거리를 펼쳐 놓았고, 조금 전엔 목소리 큰 아주머니 두 분이 내 맞은편 자리에 앉아 누군가에 대한 험담을 늘어놓기 시작했다. 곧 이어폰을 끼게 될 것 같다.

오늘은 쓰던 단편을 맺을 수 있을까? 마지막만 남겨놓은 채 지난 한 달은 건드리지조차 않았다. 떠나는 늦가을을 심하게 앓았고, 손가락 마디 통증이 생겨 한동안 손을 쉬어야 했다.

그저께 첫눈. 12월 첫날의 첫눈은 겨울을 알리는 프렐류드 같았다. 대낮의 폭죽 같은 서곡이 넘쳐 기뻐하지 않는 사람이 없었다. 그날 아침, 우체국 문이 열리기도 전에 미리 대기해 소포 몇 개를 부쳤다. 우체국에서 번호표 1번을 뽑아 본 건 처음이었다.

첫눈에 가까워지면서 대기에 가득 찬 습기가 힘줄들을 고문했었지만, 막상 눈이 쏟아지고 나자 몸이 조금은 경쾌해졌다. 첫눈의 도래가, 늦가을이 꼬리를 길게 빼며 남겼던 감질나는 기분을 일거에 쓸어간 자리에, 쨍하고 들어선 겨울 왕국은 신선했다.

오늘은 이 글을 어떻게 끝맺을지 모르겠다. 쓰던 소설도 과연 맺을 수 있을지 모르겠다. Au revoir! A demain!

나는 아무것도 아니겠습니다

지난주, 겨울을 선포하는 장렬한 프렐류드 이후, 둔중한 활로 벅벅 긁어대는 듯한 겨울 현악의 합주는 매일 거듭되었다. 줄곧 영하였다. 이미 탄력 떨어진 현악기 줄 같은 내 힘줄들은 비명을 질러댔다. 그리하여 거의 아무것도 쓰지 못한 채, 저녁에는 드라마 '미생'을 보며 소일했다. '인생에 쓰는 것 말고도 다른 할 일이 없겠나 뭐.'라고 매일같이 스스로를 달래 보았으나, 그렇다고 진실한 의미에서 낙천적이 되지는 못했다. 이런 겨울날에는 꽝꽝 언 빙판에 엎드려 귀를 대고, 그 아래 흐르는 작은 송사리 같은 말들을 낚아 올리면 좋을 텐데. 그렇게 고즈넉할 사이도 없이 씽씽, 운명이라는 칼바람이 사방에서 질주해 와서, 빙판 위에다 속도감 있는 스케이트 날 자국을 새겨놓았다.

겨울 들어 이 램 카페 일기는 점점 뜸해지는데, 이는 순전히 기압에 민감한 힘줄 때문이다. 인간의 유약한 한계를 낱낱이 읊조리며 신神의 자비를 구하는 일. 모든 겨울 낚시객들이 얼음판 위로 낚싯줄을 드리우기 전에 지내야 할 고사다.

나는 아무것도 아닙니다.

지금, 절로 우러나와 신에게 고백하고 싶은 말이다. 근 한 달간 종교 없는 신에 대해 생각했다. 형태는 차이를 만들고, 차이는 이질감을 낳아 인간을 반목시킨다. 신은 물이나 공기 같아, 그를 담을 그릇을 마련하여 이름 붙이기 나름이다. 나는 몇 개의 종교를 전전하는 동안 진짜로 신을 믿게 되길 갈망했었다. 그러다 마지막 들렀던 종교를 떠나고 내 마음으로부터 그 종교가 점했던 자리를 비워내면서, 그제야 그 자리에 신을 앉힐 수 있었다. 인증받은 명품 낚싯대들을 모두 버리고 나서야, 비로소 빙판에 귀를 대고 그 아래 흐르는 물고기들의 지느러미를 느낄 수 있었다.

초저녁 카페엔 아주머니들의 회합이 벌어진다. 주제는 입시, 체력 관리 그리고 유학.

풀린 날씨를 섣불리 믿고 얇게 입고 나온 덕분에, 여기로 오는 도중 한기를 겹쳐 입게 된 나는, 커피 한 잔에 몸이 녹자 문득, 졸음이 쏟아진다. 어젯밤의 수면 부족도 한몫한다. 이때 불쑥 누군가 이 자리에 찾아와 나를 납치하는 상상. 아무 저항 없이 맥 놓고 끌려가 어디선가 인어의 말을 듣고 왔으면. 요사이 너무도 건조한 세계에 살고 있으니.

잠시 짧은 잠에 푹 빠졌다 깨어나니, 허공 가득 별이 보인다. 잠과 깸의 경계에서만 빛나는 것들. 깸의 세계로 돌아올 겸 커피를 리필한다. 지구를 한 바퀴 돌아온 이 액체를 목구멍에 흘려 넣으며,《라틴 화첩 기행》을 집어 든다.

보르헤스. 경계에서만 빛나던 별들이 나를 부에노스아이레스로 데리고 간다. 맹인이 된 보르헤스, 한쪽 다리에 장애를 갖고 태어난 피아졸라. 후천적으로 내게 생긴 장애들을 하나하나 떠올리며 위로를 느낀다. 그 장애들이 내게 인어의 꼬리를 달아주어, 이 뭍에서 고통스럽게 땅을 디딜 때마다 늘, 돌아가야 할 바다를 잊지 않게 되었으니.

일군의 아주머니들, 누군가의 어머니들은 모두 빠져나

갔다. 그녀들은 자녀가 무언가가 되길 바랄 것이고, 그 자녀들 또한 자신이 무언가가 되어 무언가를 이루며 살길 희망할 것이다.

나는 이 시대를 질러가며 '뭐라도 야망을 품어야 하나?'라는 질문에 자주 추동되었다. 이미 준비된 답이 있음에도 번번이 이 명제를 아주 던져 버리지는 못했다. 다만, 매번 묻고 다시 답할 뿐. 내가 시대에 포위되어 있기 때문이다. '깊숙한 혼'을 제외한 나머지 부분은 모조리 포위 점령되어 있는 것이다.

그리하여 종종 어느 방향으로 야심을 몰아가는 시늉을 하다가, 이 늦가을과 초겨울, 심신의 위기가 들이닥쳐 자신에게 강제하던 것들을 일단 보류하거나 철회해야 하는 상태가 되자, 다시 한 번 자신에게 다짐해 둔다.

무엇이 되지 않아도 좋다. 끝내 아무것도 아닌 것으로 남으라, 당당하게.

온갖 아웃풋에 대한 집착으로부터 마음을 건져내는 일은 쉽지 않다. 십 년 전, 또 그 이전에도 나는 아무것도 아니어서, 가끔 사람들 틈에서 허허로웠고 숨고 싶었다. 지금도 그러하다. 그 누구도 내가 질러가는 순간들에 동참하지 않으므로, 그들의 형태 앞에 난 늘 추웠다.

높은 빌딩의 시대에 한 알의 모래로 굴러다니고 버틴다는 것은…. 그러나 나의 문법에 의하면, 사소하니까 존재이다. 사소함이 존재의 가장 큰 이유일지도 모른다. 어차피 누구도 사소함의 크기에서 그다지 멀리 벗어날 수는 없는 것이다. 다시,

나는 아무것도 아니겠습니다.

낚이지 않는 송사리의 말들이 흐른다. 어린 날의 맑은 강이다.

Au revoir! A demain!

눈 라테 주세요,
소낙눈 빙수도요

램 카페까지 오는 동안 미끄러지지 않게 조심해야 했다. 짧은 진눈깨비에 이어, 사탕가루 쏟아지듯 오후 내내 눈이 내렸다. 눈이란 크기와 형태뿐 아니라 속도와 방향 또한 제각각이어서, 아이들에게 그 다양함을 찬찬히 가르쳐 주어야 할 것이다. 이런 생각이 드는 건 바로 눈앞에 아이가 있어서다.

세 명의 엄마 그리고 한 여자아이가 창가 작은 테이블에 앉아 차를 마신다. 엄마 중 한 분이 신데렐라 그림책을 아이에게 읽어주고 있다. 이런 날은 백설 공주가 더 어울릴까 하다가도, 반짝이는 불빛과 성대한 무도회를 떠올리면 신데렐라 쪽이 나은 듯도 싶다.

또박또박 동화를 읽어주는 여자는 갈색 털조끼 위로 벨트를 두르고 있어 마치 숲의 사냥꾼처럼 보인다. 저런 옷을 입은 누군가가 이렇게 불빛 영롱한 카페에서 이야기를 들려주다니, 아이가 사는 내내 이 공간의 후광이 따라다

닐지도 모른다. 비록 엄마들의 대화 주제는 주로 피부 관리 패키지와 기미 제거, 필링 같은 것들이지만.

그들 머리 위로, 반얀트리가 드리워져 있다. 꺾인 것인지 스스로 꺾은 것인지, 한때 천장을 뚫을 기세였던 나무가 고개를 아래로 내려뜨리고 있다.

늦은 오후부터 자리 잡은 손님들. 카페의 절반이 차 있다. 나는 새하얀 블루베리 라테를 마시며, 각자의 왕국으로 떠난 손님들을 바라본다. 눈 내린 오늘, 각자의 어둠 끝으로부터 여기로 차례차례 도착한 이들은 저마다 이렇게 주문했을 것 같다. "눈 라테 주세요, 소낙눈 빙수도요."

눈의 행렬, 그 녹아 사라지는 점선들 사이를 밤새 떠돌고 싶다. 이 하나의 욕구를 남기고 다른 모든 말들은 침묵하리라.

Au revoir! A demain!

일간 양들의 친목

코스타리카 따라주. 초코칩 쿠키와 안성맞춤이다.
또다시 여기서 마법처럼 평온해진다.

사실 길을 건너올 때만 해도, 저녁 마실 나선 것을 조금 후회했었다. 오후 두 시경에는, 되게 추울 거라던 예보에 비하면 그래도 견딜 만했다. 그러나 이후 매 한 시간마다 일 도씩 뚝뚝 떨어지더니, 저녁 무렵에 이르자 바람은 급기야 질적 변화를 이루어냈다. 얼음 갑옷이라도 갈아입고 나타난 듯 매서워졌다. 이런 날 저녁, 따듯한 집안 대신 굳이 외출을 택하는 건 단순히 집에 머무르기 싫다는 이유 때문만은 아니다. 그보다도 형체를 알 수 없는 무언가를 상대로 맹렬히 한 판 싸우고 싶다는 욕구마저 마음 깊숙이 똬리를 틀고 있다. 여기서 중요한 건 어떤 대상 자체가 아니라 '싸우고 싶다.'는 원초적 욕구다. 집이란 곳에는 항상 내면의 괴물이 도사린다. 어느 집이고 할 것 없이.

오늘처럼 을씨년스럽고, 조금도 호의적이지 않은 추위가 짓궂은 이빨을 드러낼 때면 마음속에서 의문문 하나가 후렴처럼 솟아오른다. '램 카페에 간다고 뭐가 달라지겠어?'

그러나 매번 이 의혹은, 내가 의자에 앉는 순간 이런 답을 돌려준다. '오늘도 역시나….'

커피콩 가는 소리가 난다.

늘 드는 생각이지만 이곳 카페지기는 '램'이라는 이름에 걸맞은 모습이다. 한 마리 양 같다. 다른 바리스타들에게서는 쉬이 찾아볼 수 없는 그녀만의 포근함, 아늑하다.

지난번에도 상기하였듯 이곳의 음악은 귀에 익은 80년대 즈음의 팝송으로, 튀지 않고 늘 잔잔히 흐른다. 이런 평범한 음악과 어우러진 이 카페의 마법을 파헤쳐 보고자 눈의 언저리를 확장해 보았자 시야에 들어오는 거라고는, 기둥이 하나 있는 크고 네모난 공간, 연회색과 녹색의 벽, 몇 개의 큼직한 화분들, 그리고 이 모든 것을 굽어 내려다보는, 드레스 자락을 살짝 붙잡은 몇몇 귀부인처럼 우아한 샹들리에들이 전부이다.

그래서 생각한다. 시선을 강렬하게 붙드는 분위기와는 상반되는 이런 평범함에 왜 애착이 가는지를. 혹시 이런 가정이 그럴듯할까? 타고난 윤곽이 진하고 강렬한 사람은 섬세한 마음의 결을 드러내기가 더 어려울지도 모른다고. 오히려 도드라진 특징이 없는 얼굴이야말로 더 많은 표정을 담을 수도 있다. 마찬가지로, 튀지 않는 공간이야말로 주인의 마음결을 그대로 더 잘 드러낼지도 모른다. 바로 이런 공간의 도화지에서 한결같이 은은한 내음이 나게 만드는 것이 이 카페 관리자의 내공이다. 무릇 공간이란 거기에 숨결을 불어넣는 자의 탄력과 온기가 담기지 않으면 이내 시들어 침침해진다. 하나의 공간 속에는 부화를 기다리는 새알들, 보이지 않는 꽃들과 발아를 기다리는 씨앗들이 있어, 자신을 생生하게 해 줄 온기를 갈구하는바, 이를 가꿔내는 자, 복 있을진저!

"저 나무는 어떻게 된 거죠?"
커피를 내온 주인에게 물었다.

"저희가 꺾어줬어요."
"천장을 뚫을 기세던데…."

“꺾어주지 않으면 옆으로 가지를 내지 않는대요. 좀 꺾어주면 또 옆으로 동그랗게 자라난다고 해요.”

주인이, 나무가, 천장으로만 올라가던 내 사유의 방향을 튼다. 옆으로 가지 뻗는 법을 가르쳐 준다. 위로 자라나는 것만이 능사가 아니라는 듯. 위로만 향하다가는 버티고 설 도리 없는 나무는 언젠간 부러지는 법. 일찌감치 적당한 지점에서 꺾어 옆으로 부피를 점하면, 점점 더 둥글고 풍요로워진다는 것을.

홀의 중심부에선 일곱 명의 여자가 회합을 갖는다. 메뉴를 고르느라 두런두런한 가운데 더러 ‘마끼아또’라는 단어의 된소리가 들려온다.

되어 가는 일로만 보면 답답한 요즘이다. 책 출간은 기약 없이 늦어만 가는데 그렇다고 내가 움직여 바꿔볼 여지도 딱히 없어 보인다. 다른 일들로 기분 전환하는 게 낫겠다 싶다. 다른 작품이라도 몰두해 쓰면 좋을 텐데 손가락이 아픈 나머지, 울체된 의욕은 손마디에 걸려 칭얼거릴 뿐이다. 이 시절, 막연히 버티며 긴 터널을 지나는 느낌이다.

그렇다고 이 시기가 후다닥 지나가 버리기를 바라지는

않는다. 거의 늘 그렇듯, 상황이 암울할 땐 오히려 깊고 차분해지며 호흡을 바닥까지 내릴 수 있다. 진짜 평화를 만나는 건 어쩌면 이런 시절이다. 답답한 마음은 담담히 던져두고 별 바라는 것 없이 시간을 껴안는 날들이 실은 가장 순하고 사랑스럽다. 오히려 무언가가 잘 풀리기 시작해 좋은 국면만이 눈앞에 펼쳐질 때는, 이미 확보한 뼈다귀에 씌울 탐스러운 살점까지 바라지 않기가 어렵다. 그래서 평화와는 점점 멀어지기 십상이다. 나무가 옆으로 가지를 내듯, 나도 조금 더 기다리기로 한다.

이날이 조금 지난 시점에 나를 두고, 지금을 그리워해본다. 회고된 현재는 막연한 미래보다 아름답다. 어렸을 때는 결코 알 수 없던 진실이다.

미래의 내가 그토록 그리워할 지금의 나여, 내일 또 만나!

이어폰을 통해 흐르는 음악 소리에도 간간이 끼어드는 일곱 여인의 대화 소리. 항알레르기 침구 이야기가 들려온다. 진드기와 먼지 이야기를 훌훌, 뒤로 털고서 자리를 뜬다.

Au revoir! A demain!

내게 쏙 어울리는 옷

햇빛은 활기차고, 그럴수록 마음은 관대해진다.

개천을 건널 때, 오늘따라 수면이 유독 잔잔하고 아름다운 거울이 되어 있었다. 초엽부터 적지 아니 춥고 눈이 많은 겨울이기에, 이제 햇빛이 눈보다 오히려 더 선물이다.

빨간색이 비할 나위 없이 잘 어울리는 날. 크리스마스는 이제 종교의 축일이기보다, 하나의 꿈결 같은 비일상으로 다가온다.

램 카페에 마지막으로 들른 지 일주일이 더 되었다. 최근 한의원, 치과, 이비인후과 등을 쉼 없이 오가느라 여기 올 짬이 나지 않았다. 특히 한의원에는 등교하듯 매일 간다.

지금쯤이면 원고 편집이 한창이라 수정 작업에 몰두하게 될 줄 알았건만, 예기치 않게 전혀 한가한 나날들을 보내게 되어, 나는 다시 한번 겨울의 계단으로 깊이깊이 내려간다. 이런 색깔의 시간이 축복인 면도 있다. 밖으로 드러나 보이게 일이 잘 되어갈 때가 실은 더 미덥잖은 시간인지도 모른다. 오히려 겉으론 무가치해 보이는 시간이 감춘 고요란, 냉동고 깊숙이 넣고서 잊어버린 아이스크림 같은 법이다.

이달 중순 무렵, 어쩌다 내 옷 두 벌이 찢겨 나가는 일이 생겼다. 그런데 하필이면 바로 이와 동시에, 한의원 오가던 길, 옷 가게 쇼윈도에 걸린 옷 한 벌이 눈길을 끌었다. 알고 보니 그 옷은 어느 인기 브랜드의 가품이었다. 여하튼 마침 옷들이 찢겨 나간 시점에 출현한 것이어서, 진품이건 가품이건 그 옷과 연을 맺어야 할 것 같은 기분이 들었다. 하지만 인터넷 검색에 이어 두 군데 백화점 순례를 거쳤으나, 내가 꽂혔던 그 색상은 품절이었다. 결국 해외 직구로 결제해 놓고 기다리는 중이다. 이제 남은 근심은, 더할 나위 없이 포근할 그 옷이 도착하고 나자마자, 이에 반反하기라도 하듯 갑자기 겨울의 대기가 새삼 데워져 따듯해지기라도 하면 어쩌나 하는 것이다.

새해에는, 잘 맞고 견고하며 내게 쏙 어울리는 옷을 입고 싶다.

여전히 이 카페 좌석은 절반 이상 채워져 있다. 왁자지

껄한 대화와 웃음이 휘몰아치는 회합의 도가니 속. 하지만 그 어느 말이나 웃음의 조각도 내 귀의 동굴 속에 와 앉지 못한다. 그토록 내가 평온하다.

이 겨울 속 봄 같은 크리스마스를 보내며 드는 생각은 그저, 다행하다, 고맙다, 사랑한다, 가 전부이다. 크리스마스뿐 아니라 모든 현재에 대고 할 수 있는 말이란 그것일밖에. 다행하다, 고맙다, 사랑한다.

이제, 올해의 마지막까지는 대엿새밖에 안 남았으니, 일 년간의 타로를 결산할 때이다. 일 년간 태양 카드는 서너 번밖에 나오지 않았다. 우연처럼이라도 더는 나오지 않다니!

이제 내가 태양이 될 차례이다.

언젠가 착각했듯, 내가 그렇게 착하거나 좋은 사람이 아님을 자각하여 다행이다. 그리고 내겐 미처 깨닫지 못한 매력과 아름다움이 더 있을 거라 여기게 된 것도 다행이다. 내가 나를 미워하고 혐오한 것조차 어쩌면 허상을 붙들고 그랬던 것이고, 어떤 극極들을 거쳐 겨우 약간의 균형을 갖게 된 지금, 이 균형 다음엔 무엇이 올지 궁금하다. 다음 크리스마스엔 또 하나의 메시지로 맞이하게 되길.

Au revoir! A demain!

요란하지 않은
행복의 열쇠

램 카페에 드나든 지 어느새 석 달이 지났다. 내 삶의 무대에서 그 어떤 억제키 힘든 격정이 소용돌이치건 간에, 여기에서의 일상은 늘 그 반대편에 있다. 여기는 나 자신에게 균형을 맞춰 주기 위한 저울 같은 곳이다. 이곳에 들를 때마다, 내가 앉은 저울 접시 바로 맞은편 접시 위에, 비어 있는 듯한 고요가 지닌 만만찮은 무게감의 평온이 뭉실 얹혀 있는 걸 보곤 한다.

그렇게 마주 보고 있으면, 내 격정은 이내 숨을 고르며 반대편 접시의 평온에게 한두 마디씩 말을 건네는 것이다. "어이, 이보게나…."로 시작되는.

내게 이곳의 무게는 평온이기에, 정적은 곧 행복이기에, 끝내 이렇다 할 사건이라곤 없이 여기 램 카페의 사계가 마무리될 수도 있겠다. 그럴 것이나, 나는 애초에 침묵의 정밀화를 그리겠다고 하지 않았던가? 일 년쯤 걸쳐 나는 요란하지 않은 행복의 열쇠를 주물 세공해 낼 테고, 그렇게 빚어진 아름다운 열쇠는, 지하 창고에 잠자던 사랑 가득한 음표들을 깨워낼 것이다. 지구상의 누군가라도 이런 단단한 문을 여는 일은 무척 소중하다. 겉으로는 아무 의미 없어 보이는 일들이, 실은 모든 보석 구슬들을 꿰어 엮는 실의 역할을 한다고 믿는다.

Au revoir! A demain!

눈 위의 첫 발자국

무려 보름 만에 왔다. 게다가 오래 머물지도 못한다. 장례식장에 가야 한다. 죽음의 장소에 가기 좋은 날이다. 흰 눈이 내렸으니까, 이 오후.

겨울 하늘이 남은 눈들을 세일한다는 말을, 바로 어젯밤에 적고 앉아 있었다. 그런데 오늘 낮 거짓말처럼 낙하하는 눈송이들을 보자, 어젯밤의 뇌까림이 눈을 부르는 주문이 되었나 싶었다. 어쩌면 늦게까지 잠들지 않고 밤을 지키다, 우연히 눈 세일 소식을 엿들은 건지도.

다리를 건너 여기 오는 동안, 유독 차가운 공기에 귀가 상쾌했다. 집을 나서 첫발을 내디딘 순간부터 바닥에 주의를 기울이며 걸어야 했다. 미끄러지지 않게 조심조심 한 발 한 발 디디며, *"우선은 살아 있는 사람들이 바닥을 잘 디디는 게 무엇보다 중요해."*라고 초저녁 공기와 내가, 누가 먼저랄 것도 없이 한마디씩 주고받았다. 대개 그 잘못 디딘 한 발짝으로 인해 평생토록 값을 치르는 법이니까. 잘못 쓴 답안지, 헛디딘 웨딩마치, 우정에 담보 잡혀 서 준 빚보증, 각종 유혹에 미혹된 날들, 이 모두가 오류의 첫 발자국으로부터 비롯된다.

아침부터 부음을 전해 들었다. 이 장소에 가기 위해 나는 모자부터 양말까지 올블랙으로 차려입었다. 조문 예절도 복습해 두었다. 그러면서 망자와의 이별로 인해 달라질 지인의 삶을 가늠해 보는 동안, 눈이 퍼붓기 시작했다.

벌써 여기 앉아 세상을 본 지도 일 년의 삼분의 일이 되어 간다. 가을과 겨울, 두 개의 계절에 걸쳐 있었다. 이곳에서의 중얼거림이란 그저 내가 내 베란다 화분들에 물 주는 이야기들일 수도 있다. 당분간은 이런 욕구에 충실하련다. 안으로 난 길, 미로들, 오솔길들, 갖은 풍경들, 여기저기 숨어 있다 튀어나와 같이 걸어가며 한마디씩 주고받는 목소리들. 이것들과 마주하는 것만으로도 벅차다.

언젠가의 생일에는 자가 예언을 했었다. '십 년 안에 피레네에 가겠다.'라고 일기장에 썼다.

그리고 머지않아 그곳에 가게 되었다. 피레네에 머물던 어느 날 선생님이 물었다. "십 년 후 너는 무얼 하고 있을 것 같니?"

나는 답했다. "나 자신의 책을 쓰고 있을 거예요."

두 가지 다, 무의식적으로 나온 말들이었다. 이 자가 예언들은 채 십 년이 지나기 전에 다 이루어졌고, 그 실현은 마치 꿈속에서처럼 부지불식간이었다. 이제는 내 무의식이 또 뭐라 속삭일까? 다음엔 무슨 말을 무심코 내뱉고 이루어 낼까?

그것들은 일부러 쥐어짜듯 나오는 것이 아니라, 안에서 충분히 익은 과일이 더는 중력을 못 견디겠다는 듯, 뚝 하고 떨어지는 것과 같아야 한다.

Au revoir! A demain!

서쪽으로 첫 석양이 찾아올 무렵

음력 새해 첫 하루의 해가 졌다. 서쪽으로 첫 석양이 찾아올 무렵, 나의 오래된 고양이는 책상 위로 올라가 해를 면하여 꿈쩍 않고 앉아 있었다.

새해를 맞아, 최근에 시작한 시리즈 한 장을 적었다. 그리고 세밑에 설빔처럼 산 원피스를 입고 이 카페로 와서는, 고양이가 석양을 마주하며 빛내는 투명한 눈망울처럼 붉은 갈색의 차 한 잔을 마주하고 있다. 이 액체는, 어느 활화산이 오래된 응어리를 콸콸 쏟아내고서 비로소 얻어낸 한 잔의 시詩처럼 내 앞에 와 있다. 우리는 우리의 부모로부터 걷잡을 수 없는 용암의 분출 후 고여 흐른 한 잔의 피이고, 응결된 하나의 살점이다. 그러니 나를 천천히 마시길! 꽃 같은 친구들이여, 친구 같은 자연이여! 지금 나는, 내가 제물이 될 사육제를 기다리는 처녀와도 같다. 언젠가 우리는 차례대로 제물이 되어, 애초의 용암 속으로 돌아가야만 한다.

그러나 아직 나는 이 세상을 점자처럼 더듬고 있을 뿐. 고작 몇 번의 가슴 뜯김 정도로는 학습되지 않는 이 삶의 신비는 점점 더 커져만 간다. 반면 이 세상에 대한 나의 해독력은 오히려 떨어져 간다. 삶이라는, 이다지도 짧은 책을 이토록 쉬엄쉬엄, 딱할 정도로 느리게 읽는 사람은, 심각한 독서 장애에 걸려 있는 나뿐일 것이다. 것일까?

내 난독증은 은유가 아니다. 최초의 증상은 13세에 찾아왔다. 청소년기 극도의 정서불안과 더불어, 내 인식 속에서는 글자의 형태와 의미의 자동 연결이 와해되었다. 활자를 대할 때마다, 형태를 의미로 다시 번역해 주는 과정을 거쳐야 했다. 그전까지는 머릿속으로 수월수월 흘러들던 글자들이, 어느 순간부터는 시간을 두고 녹여 먹어야 하는 딱딱한 아이스크림처럼 변해 버렸다.

13세와 17세 사이, 부풀어 터질 듯한 감성의 창문이 세상을 향해 활짝 열리면서, 내 글자 소화력은 점점 더 둔해졌다. 경험과 독서, 이 두 세계가 부둥켜안은 채 아수라장을 이루던 그 무렵, 더 이상 내 안에 활자들을 들여놓을 수 없게 되어 버렸다. 그때부터 독서 속도는 현저히 더뎌졌다. 삶의 소화불량. 내 몸의 세포들은 활자들을 밀어내며 외면했다. 그즈음 원인불명의 심각한 두통이 찾아와 4년 동안 나를 점령했다.

그때부터 지금까지 나는 책이라는 매체를 아주 천천히 씹어 먹는다. 꽤 느린 속도로 이런저런 책들을 동시다발적으로 읽는다. 어떤 책은 하루나 사흘 만에, 다른 책은 3개월 후, 어떤 것은 1년 후쯤 끝나고, 또 다른 저주받은 책은 3년이 지나도 여전히 첫 다섯 페이지에 머물러 있기도 한다.

그래서 새해 첫날이지만 '올해는 독서를 많이 하겠다.'는 결심은 할 수 없다. 의지의 문제라고만 볼 수 없다. 책들을 읽어 치우기에는 나 자신, 안으로부터 너무도 범람하고 있다. 이제 어느 정도는, 바로 나 자신이 책이 되어 읽혀야 할 운명 아닐까? 여전히 나로선 무지한 것투성이인 이 세상을 좀 더 차분히 읽고 듣고 싶지만, 일단 나를 세상 쪽으로 옮겨 놓는 작업이 먼저다. 나를 세상에 흡수시킨 다음에야, 세상이라는 텍스트를 비로소 읽을 수 있게 될지도 모른다.

Au revoir! A demain!

크로크무슈
4,000원

"애프터눈 티를 즐기려고 떼어둔 시간보다
즐거운 때는 없지요."

- 타샤 튜더

Printemps 빙글빙글 체리코크
천변에 앉아 사방의 장미를 본다

시대의 빨래터

겨울과는 또 다른 싸늘함. 꽃샘추위에 못 견디겠다는 듯 일찌감치 찜질방으로 향했다. 여느 때처럼 달걀 두 개와 커피를 들고 자수정 방으로 들어갔다.

자는 척 누워 있으니, 여기저기서 간간이 들려오던 대화들.

"여긴 허름한데, 왜 이리 로케가 자주 되었지?"

"방송국 가까운 데다, 허름한 찜질방 컨셉이 필요했던 게 아닐까?"

"여기 네일 아트도 잘한대."

"연애는 지구전이래."

"요새 힘이 없어, 힘이."

"낙지 먹어, 낙지. 낙지는 소도 일으킨대."

"나한테 못해도 내 딸한테만 잘하면 돼."

"사위가 '내복 사드릴까요?' 이러는데 내가 내복을 입냐? 그나저나 사위 첫 생일 장모가 챙겨주는 건데 얼마를 줘야 하지?"

"아, 난 밥으로 해줘서."

"그럼 되는데, 그럴 사정이 아니라서 그래."

"돈의 위력이 장난 아니에요. 엄마 스케일대로 한 백만 원 보내요. 그럼 딸한테 엄청 잘할 거야."

"십만 원은 너무 작지?"

"요샌 부모 자식도 공짜가 없다잖아. 부부도요."

"제2의 목사가 말이야, 전화해서 '몇 인실이세요?' 괜히 묻겠어요? 조용히 묵념하고 아멘만 해도 될 것을, 옆에만 들리면 다행이에요, 직위별로 돌아가며 다 한마디씩 하는 거야. 간호사들에게 5만 원씩 줬어. 병원 정문으로 도망 나왔지 뭐야, 창피해서. 할머니들이 눈치가 없어. 3일 동안 낮에 내리 오시는데, 짜증이…."

"결혼식에 가 앉아 있으면, 눈물바다가 돼, 다들 눈이 벌게서. 신부 아빠가 휠체어 타고 나타났는데…. 그렇게 고생만 하다 겨우 이제 놀러 다닐 만하니까, 그렇게 됐잖아 글쎄."

3월 바람에 온몸이 다 쑤신다. 낙지 먹고서, 누운 소처럼 퍼져 있고 싶다.

벅벅 버버벅, 빨래들 비비고, 방망이로 두드리고, 물에 헹구는 소리를 들으며.

Au revoir! A demain!

쪽문 환상곡

Sometimes I wonder
Where I've been
Who I am
Do I fit in

Make believing
Is hard alone
Out here on my own

We're always proving
Who we are
Always reaching for
That rising star

To guide me far

And shine me home

Out here on my own

윙윙, 커피 가는 소리에 섞여 들면서도 모든 주변음을 뚫고 나오는 아이린 카라의 목소리. 이 노래, 오랜만이다.

누구에게나 삶의 여정과 엮여 특별히 의미 있게 된 음악이 있다. 특히 삶의 터닝 포인트에서 우연히 들려온 음악은 뇌에 깊이 새겨졌다가, 이후 삶의 순간마다 반복하여 재생된다. *Out Here on My Own*은 내게 그런 노래다.

이 노래와 더불어, 어떤 풍경이 나를 마름질한다. 연이은 환상이 나를 깁는다. 어느새 나는, 십수 년 전에 수없이 드나들던 그 쪽문을 향해 걸어간다.

그곳이 경계였다. 그전까지 살아오던 시간의 흐름은 쪽문 앞에서 멈추어 버렸다. 이후로는 시간이라는 찻잔도, 회전목마도, 롤러코스터도 돌지 않았다. 쪽문을 넘자, 세상의 물결이 사라졌다. 그 너머 세상은 뭍도 물도 아닌, 경계 없는 영토. 그전까지 애써 속해야 한다고 여겼던 세상은 쪽문을 통과하는 순간 산산조각 났다. 그래서인지 그다음의 세월은 시간의 원근과 관계없이 모두 어제 같기만 하다.

때때로 삶은 느닷없이 무대를 바꿔버린다. 조명이 꺼지고, 새로운 장면이 열리듯. 그때, *Out Here on My Own*이 흘렀다. 낯선 공간의 공기 속에서, 그 노래가 나를 응시하고 있었다. 암시적 응원가처럼 거듭 속삭였다. '앞으로 외롭고 힘들 거야, 하지만 용기를 잃지 마, 잘 버텨내야 해.'

마치 감옥에 수감되듯 불길한 연애. 그때 나는 빼도 박도 못하는 심리 상태에 갇혀 버렸고, 이 마음의 공간이 현실에서는 한 낯선 도시의 모습으로 나타났다. 갑작스레 이 도시에 뚝 떨어진 건 운명의 불시착과도 같았는데, 이상하게도 이 비호의적인 흐름에는 거부하기 힘든 어떤 인력이 작용하고 있었다.

당시 나는 카이스트 대학원생과 막 사귀기 시작한 참이었다. 그는 이전 여자친구와 정리가 다 끝났다고 했지만, 알고 보니 그 정리는 졸속이었다. 심지어 헤어져 가는 와중에 임신까지 시켜놓은 참이었다.

그런 시점에서도 이미 그에게 들어버린 정을 단번에 거두기가 힘들었다. 상황은 복잡했다. 이전 여자친구는, 그와는 끝났어도 아이만은 낳겠다고 했다. 그는 아이와는 별개로 어차피 그녀에겐 돌아갈 마음이 없다며 나를 붙들었다. 밖에서 보기엔 뻔한 막장 드라마도, 그 속에 있으면 헤어 나오기가 쉽지 않다. 나는 이러지도 저러지도 못한 채 끝없이 맴돌다, 결국 이 생면부지 도시에 정박해 버렸다.

이 삶 속에는 버거워도 선뜻 뿌리치지 못하고 고스란히 걷게 되는 구간이 있다. 이 사태가 어디까지 가나 보자며 도리질하면서도, 끝을 확인하려고 걸어갔다. 그러다 보니 어느새 과거와 완전히 결별해 있었다. 그래봤자 그것은 이를테면 '이참에 결별' 같은 것이었다. 진즉에 맘에 들지 않아, 좋든 나쁘든 기회가 생기면 어차피 버릴 것이었다.

나는 그 남자친구와의 해프닝을 계기로, 그간 내 삶의 여정이 진정 원하는 모양새였는지 되묻게 되었다. 그 답을 우물쭈물 떠올리며, 내가 걸어온 길 자체에 갖은 정나미가 떨어져 갔다. 모두에게 맞춰 굴려 가던 내 삶의 시계가 애초에 잘못된 것이었다는 생각이 들었다. 과거의 세계에서 소속감이 느껴지는 곳이 없었다. 그간의 일들이 마치 이상한 연극 속에서 벌어진 것처럼, 온통 뿌리치고 싶은 것들뿐이었다.

어떤 진실들은 힘이 모두 빠졌을 때만 드러난다. 심신이 멀쩡할 때의 인간은 웬만하면 혼란과 파국을 피하려, 끊임없이 기존의 안온한 세계와 타협할 궁리를 한다. 그러나 예고 없는 운명의 불가항력은 이런 틀을 가차 없이 깨버린다. 그래서인지 더욱 이 도시를 벗어날 수 없었다. 현실보다는 감정이 앞서는 나는 이 불친절한 이정표가 나를 어디로 이끄는지 끝까지 따라가, 기어코 운명의 얼굴을 붙들어 확인해 보고 싶었다.

새로운 현재는 불확실했고, 만만치 않을 예감이었다. 나를 후려칠 수도 있는 폭풍우였다. 나는 오도 가도 못하고 떠 있는 섬. 그런데 한편으로는 이 난생처음의 표류감을 은근히 즐기고 있었다. 낯설고 서늘한, 그러나 한없이 투명한 바람 속에 있었다. 앞으로 어찌 될지는 몰라도, 이제야 처음으로 내 삶을 만지기 시작한 듯, 온몸을 감싸오는 안개의 느낌에 매료되었다.

새로 열린 운명은 오래가지 않아 겉으로는 난파했다. 내 의식 속에서 모든 세기가 한꺼번에 지나는 듯 신선한 혼란이었다. 그 안에서 감각은 전에 없이 예민하고 충일해져 갔다.

이 도시에 뿌리내릴 생각은 없었지만, 어느새 도망칠 수도 없는 곳이 되어 버렸다. 그저 몇 달쯤 머무르다 떠나리라 여겼던 이곳에서 너무 많은 것을 잃고, 동시에 너무 많은 것을 얻고 있었다.

속속들이 거덜 난 나는 그 자리에서 폐인이 되어갔다. 곧 낮과 밤이 바뀌어 버렸다.

정처 없던 그때의 나는, 이곳 램 카페에 앉아 그 시절 이야기를 평온히 적어가는 지금의 나를 엿본 적 있었을까?

시간의 지우개가 밀어낸 때들을 돌돌 뭉치면, 빚어지는 작은 형체들. 이 램 카페에서 흘러나오는 BGM들을 훗날 우연히 듣게 된다면, 지금이란 시간은 또 어떤 그림 혹은 그림자로 떠오를 것인가?

멤버들

그 무렵, 나는 대학원생이었다. 고속버스를 타고 서울에 가 모교에서 수업을 듣고, 대전에 머무를 땐 일주일에 몇 번 과외 아르바이트를 했다. 그 외의 시간은 카이스트를 축으로 흘러갔다. 과기원 근처에 거주하던 나는 매일 쪽문을 통과하여 도서관을 오갔다. 카페, 식당, 노래방, 만화방 등도 쪽문 쪽에 모여 있었다. 자칭 '멤버'라 부르던 친구들과 어울리기 시작한 것도 이 시절이었다.

'후문' 대신 쓰이던 말 '쪽문'. 이 표현이 유독 마음에 들었다. '쪽문'이라는 단어를 알게 된 것도 그때였다. '쪽문'과 '쪽방'의 '쪽'은 같은 말이지만, 뉘앙스는 전혀 달랐다. 쪽문'의 '쪽'은 단순한 문짝이 아니었다. 우리가 익히 아는 세계와 그 너머를 가르는 경계였다.

그것은 앞이 아니라 '옆'으로 난 문이었다. 우리는 늘 이 문을 넘나들었다. 속하는 듯 속하지 않고, 바깥에 있는 듯

안에 있는 존재들. '옆문'을 통해 공간들의 경계를 오갔으니, 그 시절의 우리는 얼마나 아웃사이더였던가? 또 얼마나 이런 정체성을 서로 확인하고 부추겼던가!

쪽문은, 우리가 공유한 세계의 입구였다. 거기를 거쳐 갈 때마다 묘한 특권이라도 누리는 기분이었다. 경계에 선 이들을 위한 문. 커다란 정문과는 별개의 비밀스러운 통로. 여기를 오감은 어쩌면 행운이었다. 이 결계를 넘나들지 않았다면, 우린 결코 존재의 어스름을 이해할 수 없었을 테니.

삶의 여정에서는 과거의 현실과 멀어지는 순간, 예기치 못한 또 다른 우주가 열린다. 이 버겁기만 한 나날에, 한 무리의 영혼의 친구들이 나타났다. 그 무렵, 남자친구는 동아리 후배 몇몇을 내게 소개했고, 나는 그들과 죽이 잘 맞아 함께하는 시간이 점점 더 많아졌다. 이 새로운 인연은 오래된 세계로부터 나를 천천히 밀어내고 있었다.

우리는 서로를 '멤버'라 불렀다. 이들을 만나면 나는 골치 아픈 연애사에서 잠시 벗어나 숨을 돌리곤 했다. 그리고 이런 위로와는 별도로, 이들과 더불어 야릇한 판타지가 시작되었다.

그때 과기원 쪽문 가까이, 이름도 기억나지 않는 작은 카페가 있었다. 나는 그곳에서 멤버들을 기다리곤 했다. 갈 때마다 번번이 익숙한 듯 아닌 듯한 노래가 흘러나왔다. 그 곡조는 내게 무언가를 예고하는 듯했다. 미지에 대한 두려움과 고독이 얽힌 가수의 목소리가 허공에서 떨며 내 안 가득 울려 퍼졌다. 가사에 제대로 귀를 기울여 본 적은 없다. 가슴 깊이 와 닿는 멜로디 자체가 가사의 의미를 대신했다.

가끔 나는 궁금해요
내가 어디에 있었는지
내가 누군지
내가 적합한지

믿게 하는 게 혼자선 어려워요
이곳 밖에서 나 혼자서

우리는 늘 증명하려 해요
우리가 누군지를

늘 떠오르는 별에 닿으려
손을 뻗어요
날 멀리까지 이끌어주고
집까지 비추어주는 별을 향해

이곳 밖에서 나 혼자서

우리가 서로를 '멤버'라고 부른 것에 이렇다 할 이유는 없었다. 그냥 그렇게 부르는 게 자연스러웠을 뿐. 어떤 단체의 정식 멤버도 아니었지만, 어디에도 속하지 않은 채 우리만의 작은 세계를 구축한 느낌? 그 느낌이 좋았다.

각자의 전공도 모두 달랐다. 이들 각자의 분야가 모이면 하나의 과학 프로젝트팀을 꾸릴 수 있을 정도로. 매일 보는 이도 있었고, 객원처럼 가끔 합류하는 친구도 있었다. 그중 두 사람을 자주 만났다. 한 명은 키가 크고 호리호리한 체격에 얼굴이 흰 미소년이었다. 그는 사색을 즐기는 수학도로서 추론에 능했다. 다른 한 명은 키가 조금 작고 명랑하며, 에너지가 넘쳤고 박학다식했으며, 온갖 잡기에 능했다.

우리는 그 쪽문 카페에서 자주 모였다. 카페 문에 달린 작은 종이 울리며 그들이 들어올 때마다, 내 마음에도 불이 켜졌다. 저녁이면 카페 불빛 아래 모여 무언가를 쓰거나, 하루의 소소한 사건들을 늘어놓았다. 연애의 위기 속에서도, 이들과 함께하는 시간만큼은 온전히 즐거웠다.

우리는 멤버라는 이름으로 묶였지만 사실 각자 다른 세계에서 왔다. 나는 불문학도, 그들은 이공계였다. 하지만 우리는 예술을 좋아했고, 인간의 마음과 세계의 얼개에 관심이 많았다. 그리고 무엇보다 우리의 공통점은, 어딘가로부터 떠나왔다는 감각이었다.

남자친구와의 관계는 점점 파국으로 치닫고 있었다. 그는 나를 더욱 붙잡으려 했고, 나는 점차 더 거리를 두려 했다. 마치 내가 떠나야 할 새로운 세계가 있음을 본능적으로 감지하고 있었던 것처럼. 그의 곁에서 숨 막히는 관계를 언제까지고 이어갈 수는 없었다.

어느 날 멤버들과 밤늦게까지 이야기하다가 불현듯 깨달았다. 나는 이미 떠나 있었다는 것을. 그 사실을 인정하는 순간 오히려 편안해졌다. 내가 속했던 세계를 떠나왔다는 사실이 이제는 두렵기보다 홀가분해지고 있었다. 그

날 밤, 쪽문을 나서며 깊은 숨을 들이마셨다. 밤하늘의 별들이 조용히 반짝였고 땅엔 옅은 서리가 어려 있었다.

어느새, 나도 모르게 그 노래를 흥얼거리고 있었다. 아직도 내가 어디로 가야 할지 모르겠지만, 적어도 '이곳 밖에서 나 혼자서'는 아닐 것 같았다.

우리의 완전한 행성
에뚜왈과 그림자놀이

그 무렵, 이 도시에 방을 얻었다. 독립하여 얻은 생애 첫 방이었다. 그리고 곧, 그 방에는 자연스럽게 하나의 불문율이 생겼다. 멤버 말고는 올 수 없었다.

나의 주거 독립은 기숙사 생활이라는 과정을 거쳐 진행되었다. 대학원에 재학 중 신설 학교의 어학 실습실과 시청각실을 관리하는 행정조교로 취업했고, 이를 계기로 부모님 댁을 떠나 기숙사 생활을 시작했다. 그리고 마침내 기숙사를 벗어나 처음으로 조그만 공간 하나를 얻은 것, 그것이 바로 이 방이었다.

어느 날 우리는 이 방에 이름이 있으면 좋겠다는 생각에 이르렀다. 별궁리를 이어갈 것도 없이, 명랑하고 박학다식한 멤버가 대뜸 말했다. "별안간 에뚜왈이란 이름이 떠오르는데요?"

아무도 이의를 제기하지 않았으므로, 그 방은 '에뚜왈

Etoile(별)'로 불리게 되었다. 이의는커녕 모두가 흔쾌히 이 이름을 반겼다.

하지만 그 반짝이는 이름과는 달리 방은 허름했다. 보증금도 없이 월세 12만 원. 아주 작은 방이었다. 화장실은 같은 층의 영어 학원과 공용이었고, 샤워 시설도 변변치 않았다. 딱 필요한 집기 몇 개만 들여놓을 수 있는 공간. 어디 절간에 얹혀사는 살림살이가 그러할 것이었다.

창문에는 링이나 레일도 없이, 윗부분이 초록으로 덧대어진 노란 커튼이 압정으로 눌러 박혀 있었다. 이전 거주자의 흔적이었는데 이조차 내겐 꽤 낭만적으로 보였다.

방에 들일 물건들도 멤버들과 함께 골랐다. 남색 바탕에 작고 흰 별무늬가 가득한 견면요, 이불, 베개, 패드. 희귀하고 난해한 무늬도 아니었건만, 나중에 비슷한 걸 찾으려 해도 어디에서도 다시 발견할 수 없었다.

작은 규모와 미비한 설비에도 불구하고, 에뚜왈 방은 이후의 내 모든 방에 견주어 가장 완전하고 아름다웠다. 꽉 찬 우주였다. 불필요한 것이라곤 하나도 없었고, 모든 물건은 작지만 유용했다.

나는 소도구들의 방위와 간격까지 세심하게 조정했다.

좌탁과 찻잔, 물 잔과 그릇 하나까지 완벽한 균형 속에 있어야 했다. 한번 쓴 가위 날의 방향조차 흐트러져선 아니 되었다. 나는 멤버들에게 다짐해 두었다.

"있잖아, 이 방은 여느 방이 아니야. 이 우주 전체와 연결된 하나의 진陣이거든. 무질서는 용납되지 않아. 함부로 물건을 옮겼다간 우주에 재앙이 생기게 되어 있어. 다들 조심해줘. 이 규율을 어기는 자는 유배에 처할 거야. 그리고 하염없이 종이별을 접는 형벌을 내리겠어. 알겠지?"

살면서 언제 이런 놀이를 다시 해보겠는가? 그때 멤버들은 우리만의 놀이에 한참 빠져, 나의 이 동화적인 장場에 즐거이 가담했다.

진을 흐트러뜨린 탓에 받는 체벌이 아니더라도, 우리 자신을 정화할 필요가 있을 때면 언제든 모여 별을 접곤 했다. 같은 방식으로 접어도, 이 알록달록한 별들은 각자의 손끝에서 저마다 다른 모양으로 태어났다. 고이 빚은 송편처럼, 우리는 각자 앞에 별을 내어 놓았다. 누구의 별은 뾰족하고 누구의 별은 동글납작한 게 마치 아스피린 같다며 품평하기도 했다. 우리가 침묵 속에 별을 접는 수행을 하는 동안, 방 안에는 제법 신령한 에너지가 흐르는 듯도 했다.

우리는 별 접기 외에도 여러 의식을 만들어냈다. 나를 제외한 멤버들은 소위 이 나라의 영재라 불리는 카이스트의 과학도들이었다. 그들은 어릴 때부터 천재라며 떠받들려질 때마다 속으로 실소하였고, 허무를 쌓아 올리며 살아왔다고 말했다. 그들의 출중한 지력의 이면에는 의외로, 이상한 무력감에 휘감긴 보람 없는 나날들이 낟가리처럼 쌓여 있었다. 이런 그들에게 나는 마녀이자 선녀였다. 그들은 나와 내 공간을, 세상에 드문 진실과 생명력의 샘쯤으로 여기고 있었다.

그러다 결국, 방학 내내 보지 못하게 되는 자도 생겨났다. 물건을 잘못 놓아서는 아니었다. 그보다는 어떤 식으로든 우리 사이의 평형을 깬 경우였다. 의심하거나, 질투하거나, 마음의 당당함을 잃고 공연한 자괴감에 젖어 함부로 원망하거나 하면, 유배에 처해졌다. 우리 공동체의 에너지장을 교란한 갖은 마음의 행태가 유배의 주된 이유였다. 우리의 자아는 서로에게, 처음 만났을 때의 기쁨과 즐거움 그대로 계속 순해야만 하는 것이었다.

시작부터 구멍 가득한 공동체였다. 마음에 구멍 없는 인간이란 없었고, 온통 구멍으로만 이루어진 해면 스펀지

자체인 사람도 있었으니. 곧, 우리의 완전한 우주는 금 가거나 뚫린 데 없이도 물이 새게 되었다. 그리하여 지상에 잠시 설정된 이 별, 에뚜왈은 작은 우주선으로 변하여 다시 하늘로 올라가 버릴 지경이 되었고, 우리 가여운 자아들은 분란과 화해의 몸짓을 반복하다, 결국 제풀에 지친 무력한 꽃잎처럼 한 장씩 떨어져 나가기에 이르렀다. 나는 어느새 다시 외톨이가 되었다.

그 당시 나는 멤버들에게 간단한 요리를 해먹이거나 다과를 내놓곤 했다. 다들 내 방에 자주 오고 싶어 했고, 한번 오면 떠날 줄 몰랐다. 하지만 나 자신을 언제나 모두를 위한 사교 모드에 맞춰 둘 수는 없었다. 그래서 형식에 불과하나마, 내 행성의 문지방을 드나드는 통과 암호를 정하기도 했다. 멤버 중 누군가가 제안했다. "그림자, 어때요?"

밖에서 "그림자!"하고 말하면, 내가 "그림자."라고 답하는 것. 그게 우리 공동체의 공식 입장 절차가 되었다. 그림자의 도래를 알리면, 그림자의 접근을 승인하곤 했다.

또 하나의 아지트

그 방 말고도, 우리의 본격적인 기지는 따로 있었다. 창문을 통해 멀리 봉긋 솟아난 계룡산 봉우리가 아련히 보이는 이 친구들의 기숙사가 그것이었다.

그해 여름엔 찌는 듯한 더위 속에 장대비가 잦았고, 카이스트 학생들의 자살과 사고도 유난히 많았다.

그 나날들은 이상한 판타지였다. 우리는 최면 테이프를 틀어놓고 집단 전생 최면을 시도하기도 했는데, 이런 심연 탐사로부터 어떤 내용물들이 한 광주리씩 떠오르곤 했다. 저녁이면 둘러앉아 집단 채널링(외계 소통) 상태에 빠져들었다. 다 함께 영혼 세계의 아주 아득한 시절까지 미끄러지듯 흘러가곤 했다. 우리 멤버들은 온갖 시대의 갖은 사건들을 들먹여가며, 마치 양산박이라도 결성한 듯 세상의 부조리를 개탄했다. 여기서 점점 더 나아가, 신과 인간의 관계, 그리고 세상에 악이 존재하게 된 근원을 규명하고자 했다.

한편, 우리는 매일같이 그 방을 독특한 요새처럼 꾸며 나갔다. 처음부터 의도한 게 아니라, 차례로 하나씩 무언가를 만들어 달고 붙이다 보니, 어느덧《하울의 움직이는 성》속 하울의 방처럼 변해 있었다. 방문 안쪽에는 시트지를 잘라 만든 나비 두 마리를 붙였고, 종이학과 거북이 모빌을 매달았으며, 비누로 연꽃을 조각했다. 철사를 구부려 특이한 형상의 메모꽂이를 만들기도 했다. 한문으로 시를 지어 붓으로 멋들어지게 흘려 써 붙이기도 했다.

멤버들의 침구도 기왕이면 신령해 보이는 것으로 모조리 갈았다. 그 결과, 이들은 평범한 베개 대신 거북이 인형을 베게 되었다.

그리고 정화와 퇴마의 의미를 부여하며 별별 퍼포먼스를 만들어 행했다. 환타, 콜라, 박카스, 이온 음료, 맥콜 등 온갖 음료를 뒤섞어 '퇴마 음료'라 부르며 마시는가 하면, 일상의 갖가지 요리 재료에 깃든 신령한 약효에 대해서도 토론했다.

그날들에 우리는 상상할 수 있는 모든 이야기를 나눈

것 같았다. 그리고 서로에게 중독되어 갔다. 누군가 하루라도 아지트에 결석하면, 그는 고립된 자신의 공간을 몹시 허허롭게 느끼곤 했다. 그들은, 내가 나타나야만 비로소 자신들의 존재에 의미가 입혀진다는 듯이 굴었다. 세월이 지나 이들 중 몇몇을 다시 만났을 때, 그들은 그 방을 평생 못 잊을 거라고 말했다.

그날들에 우리는, 이를테면 《영혼들의 여행》에 나오는 사후死後 영혼 그룹에서나 벌어질 법한 일들을 맛보았다. 다만 그것을 살아서 겪은 것이었다.

오리연못 주위로 매 정시마다 까리용 소리가 울려 퍼지는, 그 카이스트에서 말이다.

Au revoir! A demain!

나는 여기 웃으러 왔다

Amour가 Infini에게

Infini에게

오래 걸었다. 봄이 오려는 산과 골목을. 완료형인 '온'이 아니라, 미래형인 '오려는'에 주목해야 한다. 약간의 원망을 감수하면서까지 동네방네 휘몰려다니는 꽃샘이 그 고약한 명성에도 불구하고 하나의 통과의례처럼 묵인되는 까닭은, '오려는'에 대한 기대 때문이다.

산에서 내려와 접어든 골목에서, 나는 또 3월 바람의 비파 소리를 들었다.

나로 말하면, 이제 도래할 봄에는 관심 없다. 벚나무 아래 흐드러져 사진 몇 번 찍자마자, 장난꾸러기 봄비가 몇 번 피식 웃고, 그러면 모든 게 끝나 있을 것이다. 지나치게 생동할 앞으로의 계절은, 나날이 진해져 가는 푸르름 그 자체로써 나의 게으름과 무기력을 비웃으며 섣불리 생기와 희망을 전도하려 들 것이다.

산에서 내려오며 앞으로의 봄을 떠올리자마자 투덜거리고 싶어졌다. *"봄 따위!"*

마음 같아서는 봄을 왕따시키고 싶다. 나로서는, 앞으로 올 것들에 숨겨진 고통을 응시하여 숨을 고르며 묵주알을 굴리는, 기도하는 3월이 더 기껍다. 축제를 희구하지만, 세상과 나 사이에 치러야 할 정산이 남아서 아직은 흐드러지게 즐길 여력이 없다.

사랑에 찬 신神의 현현, 자기 목을 내놓고 떠난 세례자 요한이 섰던 물가를 떠올린다. 와야 할 세상을 예고한. 그런데 그러한 희생과 헌신이 과거에는 지고의 가치였으나, 지금 이 시대에도 그러한지는 알 수 없다. 이젠 등신불의 정화 시대는 끝나지 않았을까? 지금은 누군가 몸을 던져 산화한들 다들 꿈쩍하지 않는 세상이 되어버렸다. 세상을 탓할 수도 없다. 모두가 알지 못할 힘에 떠밀려, 몸을 촘촘히 붙이고 서서 겨우 한 발짝씩만 옮길 뿐이다.

그리고 나는 경계하기까지 한다. 자기 파괴까지를 감수한 헌신을. 그도 의미 있는 일이겠으나, 그보다는 단번에 끝나지 않아 더 어려운, 즉 인내를 연습해야 한다. 내게는 그것이 필요하다.

어느 것도 항구적인 미덕일 수 없다. 미덕들은 정해진 위계에 차곡차곡 앉아 서열 놀이를 하지 않는다. 배려가 버릇인 자는 어쩌면 거절의 내공을 익혀야 하고, 꼼꼼하게 지혜로웠던 자는 생각 없이 천진난만해질 필요가 있다. 중요한 것은, 자신이 해 오던 관성을 극복하는 일이다. 익숙함을 작별하는 것은 달갑진 않으나 필요한 일이다. 그렇지 않다면 잠시도 남이 되어볼 수 없다. 우주 속에서, 한 입자의 한 방향으로의 과도한 팽창은 바람직하지 않다.

점점 더 이 우주는 개개의 구성원에게 유연하고 부드러워지라 요구한다. 뚜렷이 개인적이되, 보편성 속에 편안히 놓일 것을. 아마도 이것이 물병자리 시대에 들어선 인류가 맞아들이는 흐름이리라. 혹자는 문화가 너무 가볍고, 점점 더 가벼워진다고 한탄한다. 나도 아직은 진지함의 관성 속에 있는 사람이지만, 가벼움 또한 새 시대의 필연적 흐름이리라. 이제 물이 아니라 바람의 시대다. 사람들은 깊이 수직으로 추를 드리우기보다는, 가볍게 흔들리고 쉬 확산하며 재빨리 이동하기를 좋아한다. 그리하여 이번 생애에 나는, 응시하고 견디되 그것을 웃어가며 하는, 더 난도 있는 지구전을 택하게 되리라.

하지만 한편으로는, 내가 당장 마음 편하고 기쁘고 행복하지 않다면, 남에게 무슨 쓸 만한 말을 할 수 있을까도 싶다.

이 카페의 샹들리에가 좋다. 저것은 아름답고, 적당한 밝기를 가진다. 존재 이유도 저 정도면 충분하다. 아름다움, 적당한 밝기.

오늘도 내 생각들에 에너지를 빌려준 램 카페에 감사하며, 여기 화장실 내벽에 새로이 붙은 시구를 옮겨본다.

나는 여기 웃으러 왔다.

Au revoir! A demain!

Amour로부터

동사자를 위한 자장가

Dear Thee,[2]

행복의 필연이 어디 있겠습니까?
허울뿐인 개념에 희생되느니, 도무지 계속 우울하겠습니다.
잘 자리 잡은 우울은 깊이 차분하고,
오히려 실수하지 않으며,
넘겨짚지도 넘쳐흐르지도 않습니다.

요샌 너 나 할 것 없이 다들
자기 거실에서 객사할 운명들입니다.
가족은 남이고, 집도 방도 타지일 뿐입니다.
하지만 물고기는 물을 떠날 수 없어
사랑을 미끼로 세상에서 죽은 다음엔
어차피 이 강에서 환생해야 합니다.

지난가을에 놓친 풍선을 생각합니다.
끈에 목매다는 순간부터 움켜쥐어져야 하는
수고로운 풍선을 바라보느니

2) you의 고어

아무것도 잡지 않고 호젓하게 산보하겠습니다.
광대는 노래라는 실을 잣기 위해서만
뭉게뭉게 목화를 길러서는,
스스로는 그 옷을 입지 않습니다.

세상에 태어난 순간부터
나는 진작 얼어 있었습니다.
모친은 빼내어 버리고 싶던 가슴의 얼음을 낳았고
그것이 나입니다.
그녀가 버린 얼음 조각이 햇볕에 가끔 우는,
그것이 나의 사랑입니다.
누가 나를 함부로 녹입니까?
이것이 나의 유일한 노래입니다.
신랄한 자는 계속 신랄한 것 정도가 허락된 행복입니다.

어쨌거나 여인은 평생 젖을 먹여야 할 숙명입니다.
헤아릴 수 없는 피붙이들 가슴에 와 들러붙기에
보이지도 않고 이름도 모를
어차피 여인에게 존재들의 촌수는 무한입니다.
죄다 객사한 영혼들입니다.

오늘은 당신 차례, 미안합니다.
따스한 체온 대신, 고작 얼음 풀린 정도의 이 차가운 젖,
시원한 젖이라 부르며 드리겠습니다.
당신 체온으로 녹여 드세요.
조금만 나를 안아요, 그나마 녹여 드시려면.
비록 달진 않으나마
일요일 아침 당신이 당신 거실에서
동사한 채 발견되는 것만큼은 막아줄 겁니다.

이미 죽었다고요?
미친 소리 말아요. 숨은 붙어 있군요.
그거나 저거나, 마찬가지겠지만.

며칠 속이 추운 게 이래서였나요?
당신, 내 품에서 평온 주말 하시어요.

어느 토요일 아침,
당신의 자장가로부터

밤과 낮의 편지

시작이 미지에게

저명한 불면증 환자, 미지味知씨,

당신은 나의 모든 가능성일까요?

미안해요. 당신에게 보낼 말이 그득한데, 불행히도 나는 시작하는 법을 잊었어요. 나의 정체성을 잃은 거예요.

낯익은 세계에서 사방 한 발짝도 내딛질 못해요.

사춘기에 접어들고야, 유년기에 주어졌던 삶의 매뉴얼들이 얼마나 불성실한 은유였는지 알겠더군요. 이젠 있으나 마나 한 가짜 지침서. 진짜로 내 시작에 도움이 될 지침서는 아직 찾지 못해요. 난 장님이 되어 팔을 뻗어요. 허공은 조금 믿지만, 땅은 여전히 미덥지 못해요.

다시 그림을 그리고 노래를 부르게 된다면, 기억을 찾은 거겠죠? 그런데, 시작은 기억에 근거할 수 있을까요?

자연의 모든 공모가 어김없이, 곧 이 천변의 벚나무들에게, 단체 웨딩마치에 맞추어 최상의 부케를 안겨주겠죠? 벚꽃 송이들의 중얼거림이 벌써 들리는 듯하네요. 아, 나는 밀려 밀려, 떠밀려져 여기 있구나, 라고. 졸지에 보쌈당해 결혼하는 처녀들처럼.

꽃송이들처럼, 왠지 모를 힘에 밀려 그 자신이 되어 서면, 그 벚꽃됨은 시작이라 부를 수 있을까요?

당신이, 혹시 그렇죠? 숨은 배후. 꽃을 피게 하고, 아이들이 태어나 울부짖게 만들고, 멀쩡하던 아이가 노래와 그림을 잊게 만든 것도. 이 모든 게, 홀로 광대한 시간을 버티지 못하는 당신의 권태 때문이잖아요?

역시나, 내가 발을 디뎌 당신에게 가닿으리란 건 대단한 착각이었어요. 당신이 어서 날 움직여 봐요. 시작하는 법을 가르쳐 봐요. 내가 노래나 그림을 기억해 내는 건 그다음이고, 우선은 성스러운 첫 번째 불꽃을 당기도록 해 봐요.

여태껏, 오래 두고 온 세계가 그리워 뒤를 보거나 줄곧 뒷걸음쳤어요. 한참 낮잠을 자다 깨어 정신이 들고 보니, 그래서는 안 되겠더라고요.

당신이 나를 조금만 정의해 주겠나요? 내 첫 움직임은 어떠해야 하나요? 당혹한 채, 부지불식간에? 기쁨과 기대에 겨워? 첫 바둑돌을 놓듯? 성냥을 당기듯? 그 무어라도 좋아요. 내게 악상을 빌려줘요.

일단 내가 움직이기 시작하면, 어떻게든 당신을 만나러 가지 않을 수 없을 거예요. 당신이 희대의 디자이너로서, 뛰어난 미로 제작자이고, 각종 수수께끼와 퀴즈의 창시자란 걸 알지만, 언젠가 우리는 음악분수 앞에서 만날 거예요. 손을 맞잡고, 발끝으로 물방울들을 튕겨내며 춤을 출 거예요. 어떻게 아냐고요? 내 희미한 기억에, 시작은 예감이니까요.

이제 밤을 따라, 아직 떠나보낸 적 없는 그리움을 보내요.
당신 편의 자그마한 기별을 기다려요.

곧 이어질 화려한 직유의 행렬에 조금도 속지 않고 당신을 고대해요. 당신이 얼마나 조용히, 거의 볼품없다시피 말하는지 알거든요. 어떻게 아냐고요? 다, 스쳐 지나는 열은 기억이에요.

당신의 입김을 빌어 내가 나로서 시작하기 전까지, 당장 오늘 밤엔, 정말로 내가 그림 그리기를 잊었는지, 아무거나 집어 들고 무어라도 그려볼 거예요.

Au revoir. A demain.

시작하지 못한 시작으로부터

패스워드를 잃은 날들에

미지味知에게

새로 산 아이패드에 적응해 보려고 데리고 나왔어요. 한 시간 동안 여러 번 패스워드를 넣어봤어요. 기억했다고 믿었던 모든 숫자가 떠밀려 나왔어요. 그럴 때마다 대기 지시를 받았고, 이 과정은 점점 더 인내를 요구했어요. '아이패드가 비활성화되었습니다. 1분 후에 시도해 주십시오.' 곧 1분은 5분으로, 5분은 15분으로, 15분은 급기야 한 시간으로 늘어났어요. 처음에 부여했던 그 번호를, 과연 오늘 안에 만날 수나 있을지 모르겠어요. 최초의 패스워드 후에 멀어져 잊혀 가는 우리처럼, 흐릿해지지 않는 각인이란 아예 없는 것일까요?

패스워드로 전전긍긍하다 체념해 가는 사이, 카페 창밖 테라스에 앉아 담배 피우던 노인은 담배를 다 태우고서는, 채 올리지 못한 바지 지퍼를 이제야 발견하여 애써 치켜올리려 하고 있었어요. 나는 그를 우연히 보고 웃었죠.

다시 볼 때까지 그는 계속 그러고 있었어요. 무엇에 걸렸던지, 손이 불편했던지, 그 과정은 점점 더 풀리지 않았던지, 어느새 그의 굽고 그을린 듯 칙칙한 손마디에는 피가 흘러 있었어요. 더는 웃을 수 없었어요.

그는 떠났고, 그의 그림자 너머로, 아직도 빛에 코팅된 나뭇가지들이 눈에 띄게 흔들렸어요. 천변에 일제히 꽃피려는 움들을 달고. 다들 꽃들의 탄생을 감탄하겠죠. 그러고는 곧 그들을 잊어갈 거예요. 내 첫울음을 꺼내어 엉엉 울고 싶었어요. 그것은 푸른 보자기에 싸서 보관 중이에요. 살아 있는 것들의 운명. 첫선을 보일 때는 환호받지만, 그다음은 알아서 생존. 첫 서러움은 언제였을까요? 태어나자마자 도로 망각의 보를 쓰고 태내를 그리워하는. 하지만 이 세상은 더 크고 거친 태내인걸요.

오후가 통째로 흔들려요.

이 아이러니 행성의 한 점 알러지로 태어나, 요행히 내 기관지는 튼튼한 편이어요.

잠시 자신이 아니게 되어보는 첫 보름 말고는, 사랑에 소모되는 에너지는 타락된 것들이어요. 단단함이 해체되어 어스름 속으로 스며드는 딱 그동안, 나무가 제 뿌리를 잠시 잊는 동안이요.

아이러니 행성에서 형질 변환은 쉽지 않아, 거의 실패되곤 하죠. 나무는 둥치 안으로 돌아와 말하죠. *'내가 어디로 갈 수 있었지? 이토록 오래 뿌리박았는데.'*

지금 내가 앉은 의자를 쓰다듬고 싶어져요.

곧 여기 천변 가득한 꽃들이 모두 져 사람들이 죄다 떠나고 나면, 나는 사방에 흩어진 망각의 손수건들을 주워 올려 내 바랑을 채울 거예요. 같이 담은 뼈와 눈물들로 근 일 년은 먹고살겠죠. 무너지고 잊힌 그러나 아직은 숨 쉬는 것들을 곱게 칠해 활보시키는, 내 장례 쇼 비즈니스 말이어요. Au revoir! A demain!

당신의 근심스러운 알러지로부터

저와 무슨
볼일이신가요?

근원에게

기분이 썩 좋지가 않아요. 알잖아요. 곧 있을 축제 때문임을.

이즈음이면 당신이 요절한 혼들을 무리 지어 벚나무에 맡겨둔다는 걸 알아요. 이 대규모 진혼 벚꽃 장렬 아래, 내가 어떻게 웃기만 할 수 있을까요?

아망디오 쇼콜라 쿠키를 먹고 있어요. 상냥한 카페지기가 내게 커피를 한 번 더 리필해 주었어요. 혼령들에게 칼로리를 주고 있어요, 먹고 마시며.

그러나 이 편지를 계속할 수 있을지는 모르겠어요. 도무지 툭툭 끊기는, 집중되지 않는 어설프고 허망한 기도네요. 내 이 저녁 읊조림은요.

당신이 이웃이라 명명한 사람들과 더 많은 볼 일을 만들어야 하나 생각한 적이 있어요. 사람들이 책에 가끔 적고 말하는 '리얼리티'와 더 친해야 하나도요.

그럴까 하다가, 이런저런 가격표에 식겁하고 여기의 거래 방식에 불만이 생겼어요. 바로 주변의 사람들조차 내게, 쓸 만한 것이면 다 내다 팔아 은행 잔고로 삼아야 한다고 외쳤어요. 마음이나 혼이 스며든 것들은 값을 더 받아야 한다고도요. 도대체 영혼의 존재를 믿을까 말까 한 사람들이 말이에요.

팔 수 없는, 팔리지 않는 건 있을 수 없다고들 해요. 하지만 이 끝없는 시장에서 깊은 동굴의 벽화를 그리고 팔 수는 없었어요. 충분히 어두워져야 했고, 침묵이 종유석처럼 자라나야만 했어요. 그런 곳에 깃들어 그림 그리는 이가 바로 나예요. 통 팔리지 않는 기도만을 그리는.

이런 나를 내가 창피해해야 하나요? 또, 세상 인연 끊기 일보 직전이에요. 당신이 짜 준 운명의 카펫에서 학습을 해왔어요. 내게 의지의 무력을 가르치기 위해 당신이 써 준 시나리오. 내 비극 연기, 그럭저럭 나쁘지 않았죠? 바꿔보고 싶지만 하필이면 적절해서 수긍하는 당신의 레시피, 매번 유용했어요. 결국은 내 모든 방향을 가로막고 퇴로를 차단하여 당신만 바라보게 만드는군요, 번번이.

모든 통념의 그물에 구원은 끝내 잡히지 않을 거며, 회로 자체를 바꿔야 하는 일에 대한 고찰을 회로 안에 넣고 돌릴 수는 없지요.

당신에게 바칠 생생한 근심을 저울에 올려 봐요. 나름 인색해져서, 한 점 더는 올리고 싶지않아요.

당신과 함께 가는 날들에, 가장 좋은 순간에도 불행의 눈치를 봐요. 당신은 내게 언제나 환기를 원하잖아요? 내가 즐거움에 매몰되지 않게끔 당신이 얼마나 세심히 배려하는지 잘 알아요. 이제 당신이 날 더 멀리 데려가기엔 나는 많이 약아져 버렸어요. 미끼처럼 나를 유혹했던 온갖 가능성의 운명들로부터 완전히 철수했어요. 이제, 나와 어떤 일을 볼 건가요, 나의 근원이여?

길게 말하지 않을게요. 앞으로 나와 어떤 볼일이 있으신가요? Au revoir! A demain!

세상 도시 끝의 끝,
무명의 동굴 벽화 제작자로부터

오늘만 춤추는 벚꽃잎

벚꽃의 무대.

몇 개의 벚꽃 망울이 터뜨려진, 저녁 이전의 어스름.

아직은 낮이라 불릴 수 있는 시간이 그려낼 수 있는 제법 몽롱한 자화상이다.

벚나무 아래 며칠 거닐고 나면, 이 천변과 카페라는 무대는 또 누군가들을 등퇴장시키며 어떤 이야기들을 만들어갈 것이다. 이야기를 만드는 것은 내가 아니다. 이야기들은 도처에 머문다. 나는 이 무대와 대화하며 그것들을 여기로 불러올 뿐. 아직 내 주변에 사람이 들끓지 않는 건, 여태 내가 주로 독백과 방백만을 즐겨왔기 때문이기도 하다. 하지만 한 번쯤은 이곳이 가든파티처럼 시끌벅적하고, 밤하늘로 던져진 폭죽처럼 환하게 터져도 좋겠다.

바람의 늪.

생각에서 미세먼지를 발라내기가 만만치 않다.

카테고리가 지나치게 광범위한, 거친 질문을 던지는 이들은 대체로, 정작 자기 자신에게는 책임감이 부족하거나, 자신의 결벽적 성실함에 대한 심리적 보상을 눈앞의 만만한 대상에게서 구하고 싶어 하는 사람들이다.

인류가 '나의'라는 소유격을 떼어낼 수 있을 때, 비로소 평화가 올지도 모른다. 둥우리 만들기와 축적은 곰팡이를 감당치 못한다.

백만 번 귀가해도, 집에는 내가 없다.

"올해의 계획은 뭐죠?"라고 얼마 전 누군가가 물었다.

지금에야 대답을 떠올린다.

"찬찬히 존재해 볼 작정이에요."

지금 나는, 저 벚꽃들과 같다.

우리는 터질 듯 창백하다.

벚꽃 스틱스의 유리디스

오늘만 춤추는 벚꽃잎.
떠날 때를 아는지, 볕도 가라앉았다.

어제는 벚꽃길을 이 끝에서 저 끝까지 걸었고, 오늘은 벚나무 아래서 《유리디스를 읽으며》를 읽을 것이다. 벚꽃잎들이 날아내린 스틱스를 건너, 나를 따라와 주지 않는 오르페우스의 뜬금없고 속절없는 하프 소리를 따돌리며 저승의 곳곳을 탐험할 것이다.

어제 읽은 부분에는 장 아누이의 희곡 《유리디스》가 프랑스 무대에 올려졌을 때 주연배우였던 소피 마르소의 인터뷰 내용이 인용되어 있었다. 이 여배우는 쥐스꼬부띠스트jusqu'au-boutiste, 즉 '끝까지 가는 사람'이라는 표현을 사용했다. 끝까지! 그녀의 말대로 이것은 절대에 목말라 하는 낭만주의적 꿈이다.

그런데 정말 무언가를 지켜내려 한다면, 오히려 끝까지

그것이 소중하지 않은 척, 심지어 그것을 가진 적도 그 근처에 있어 본 적도 없다는 시늉을 해야 할지도 모른다. 무언가를 지켜내겠다고 선언하는 순간, 운명은 그 의도를 통렬히 비웃으며 파훼하려 들 것이다. 운명은 순전히 장난처럼 진지한 기도들을 건드렸다 떠나곤 하는, 치고 빠지기의 달인이다. 그의 담배 연기 내뱉듯 가벼운 저주만으로도 인간 존재는 탈탈 털리게 되어 있다. 그리고 한 번 털림은 꽤 치명적이어서 누구도 변변히 추스르지 못한다.

그래서 운명이 지나가는 낌새가 느껴지면, 카무플라주를 해야 한다. 충분히 불쌍한 척, 아무것도 품지 않은 척. 그리고 그 '척'은 스스로가 그걸 의식하는 한 운명의 레이더에 걸려드는 법이라, 제대로 해내려면 자기 자신마저 속여 넘길 수 있어야 한다.

내 삶 전반에 걸쳐 이런 전법을 무의식적으로 써왔다. 많은 길이 막혀 있었고, 언젠가부터는 내일을 생각지 않고 살았다. 나는 들판에 핀 백합이다. 내일을 묻지 않기로 했기에 존재할 수 있다. '앞날'이 있다고 감히 누가 장담할 수 있겠는가? 그야말로 환상 아닌가!

앞날이 없으니 준비도 걱정도 없다. 하루만 살면 그만이고, 당장 기쁘다면 그때마다 여한이 없는 것이다.

이 글을 쓰는 동안, 노트 앞에 놓았던 벚꽃잎이 습기를 잃고 주름져 간다. 이 짧은 시듦. 그러니 어떻게 기만적인 미래를 이야기할 것인가?

나는 하느님의 어릿광대다.[3] 나를 살려주는 만큼만 살 거고, 내가 살려고 일부러 발버둥치지는 않는다.

이제 큐브 같은 시간에 우유를 부어 마시고는, 훌쩍, 두 발을 다 디디지 않고 춤추며 퇴장한다. 안녕, 벚꽃들아!

Bonne soirée. Au revoir.

3) "왜 오스칼이 하나님의 진짜 익살꾼이어요?" 하고, 라스무스는 물었습니다.
오스칼은 심각한 표정으로 머리를 흔들었습니다.
"누군가가 그래야 하니까 말이다. 방랑자가 되어서 사방팔방을 떠돌아다니기도 하고, 하나님의 익살꾸러기가 되어야 할 사람이 필요하단 말이다. 하나님은 방랑자가 있기를 원하시거든."
"그럴까요?"하고, 라스무스는 의심스러운 듯 말했습니다.
"하나님은 그걸 원하고 계셔!"
《방랑의 고아 라스무스》, 아스트리드 린드그렌 지음, 신지식 옮김, 계몽사, 1977년

아뉴스 데이

달뜬 분홍 훈풍보다는 시원한 초록이 편안하다. 편안함은 권태와 동의어가 아니다. '안'이나 '안락'이라는 단어처럼, 슬슬 곰팡이가 피어나지도 않는다. 말 그대로 편안함이다.

램에는 무려 보름이 지나서야 겨우 왔다. 훈풍을 다 떠나보내고, 내 마음의 나무들에서도 일체의 허황된 분홍을 걷어낸 다음 맞이한 저녁은 편안하다. 램 카페는 다시 마법처럼 온화하다. 요즈음 영 혼란했던 날들이, 이곳에 오지 않아서였나 싶어질 정도다. 이 카페에 오래 결석하지 말아야겠다. 이 장소는 고요함을 터득하고 누리는, 세상에 드문 학교다.

지난가을과 겨울, 여기 덕에 나의 시간은 싱싱해졌다. 카페 창문 너머의 침묵과 소리들은 검고 흰 건반으로 번역된 후, 다시 하나의 짧지만 뚜렷하고 부드러운 멜로디로 빚어져 흘렀다. 여기에 각자가 몰고 오는 근심과 불안, 안도와 희망들은 제각기 다른 그림으로 그려져 이 갤러리의 액자 속에 담겼다.

그런가 하면 인간과 지구에 대한 내 생각은 여전히 어둡다. 생각과 생각 그리고 행위의 연결 사이에는, 늘 권태가 이끼처럼 자라난다. 그래서 이곳이 더 마법일 수 있었으리라. 촘촘하게 침울한 검은 숲을 빠져나가는 동안 발걸음을 옮길 수 있게 도와주는 한 줄기 빛처럼, 실밥이 여기저기 터져 흘리내리는 나의 이십 사시 사이에는, 숨 쉴 수 있는 하나의 예외적 공간이 필요했다.

여기는 양들이 저 스스로들을 돌보는 다정한 회당이다.

지금은 카페의 얼음 가는 소리가 두드러지지 않는다. 이 훈훈한 계절엔, 유리 끼워진 바깥문들이 지그재그로 조금씩 열려, 바깥의 차 소리가 섞여들기 때문이다. 음악 소리는 언제나처럼, 작게 흥얼거리는 콧노래 정도로만 들려온다.

인간이라는 배역과 지구라는 무대는 여전히 열악하다. 며칠 전 술자리에서 누군가 말했다. 결혼식이나 돌잔치를 가면 뭔가 축하의 말을 해 주어야 하는데, 솔직히 그런 말들이 우러나오지 않는다고. 미래라는 게 과연 있나 싶어서.

세월호 사건이 벌써 수년 지났다. '지난 일'이 아니라 앞으로 죽 이어질 일이다. 애꿎고 참혹한 익사를 당한 아이들과, 이불 속에서 평온히 잠든 개구쟁이 아이를 연결 짓지 못한다면. 자신의 아이는, 이 저녁 자기 방에서 게임하다 익사할 리 없는 침대에서 잠들 것이고, 이 아이에게 결코 닥칠 리 없는 불행이란, 저주의 별이라도 걸머지고 태어난 다른 아이의 몫일 것으로 남을 테니. 내 자녀에게도 그런 일이 일어날 가능성은 전혀 없지 않지만, 아주, 아주 적은 확률일 테니까.

인간 공통의 인식적 비극을 말함이다. 인간 인식의 알량함을 곱씹자면, 딱히 신의 탓을 할 수도 없다. 하느님도 무심하시지? 무심한 건 인간이다. 인간이 무심치 않게 지내왔다면, 그간 인류 전체가 감당한 비극의 총량은 십 분의 일쯤으로 감소했을 것이다. 인간이 무심했던 결과를 신이라고 대체 무슨 수로 메꾸겠는가? 우리는 모두가 가담한 연극의 결말을 같이 치러낼 뿐. 아직도 한 눈 감은 행복에 요행을 기대할 수 있을런가?

아뉴스 데이, 인간의 머리를 수박처럼 쾅, 깨트려 주소서.

Au revoir! A demain!

인간적이지 않은 문법의 미래

여기 들어온 지 이십 분째, 멍하니 앉아 있다. 이 실내를 뚫고 들어와 노는 빛살 따라 내 넋이 아무렇게나 흔들리도록 두어본다. 말을 거는 빛살. 잠시도 가만 있지 못하고 누군가를 건드려 놓아야만 직성이 풀리는 바림. 바로 옆에서 비비적대는 화분의 잎사귀들처럼, 나도 내 마른 손바닥이라도 비비고 싶다.

마른 손바닥, 말은 손바닥, 말은 비비적댐이다. 인간에게서 자연의 성품이 발현되는 순간이다. 사람들의 말 중에는 바위의 말, 잎새나 꽃잎의 말, 플라타너스, 소나무의 말도 있다. 누구라도 오롯이 인간의 말을 한다고는 볼 수 없다. 아무리 문명의 현실을 산다 해도 인간도 자연인 이상, 자연적 요소가 세포에 섞여든 언어를 방출하며 살아간다.

그런데 지금 이 순간, 자연의 그것들을 닮은 말이 아니라 정확히 그들의 말과 똑같은, 사람에게는 들리지 않는 나뭇잎의 언어로 말하고 싶다. 누군가에게 해 주어야 할 말들을, 늘 인간의 언어만으로는 전할 수 없어서이다.

비슷해 보이는 날들은 결코 같지 않다. 우리는 이 우주의 페이지 위에서 분주히 발을 놀리며 산다. 한심하고 지루한 날조차도 발을 놓고 쉬어 본 적이란 없다. 그것은 별들이 밤하늘에 출근하지 않는 거와 같다.

며칠 전 아침, 꿈속에서 환영을 보았다. 그러면서 거대하게 허무하고 슬퍼졌다.

내 영혼은 일종의 어미 새로서, 지구 같은 알을 품어왔다. 오래도록 공들여 품으며 바깥의 침입을 봉쇄했다. 이 임무는 다른 누구와 나눠 가질 수 없이 오롯한 내 몫이었기에 힘에 부쳤고, 끊임없이 자신을 다독였으나 점차 힘이 빠져갔다. 그러던 어느 아침, 문득 깨달았다. 그토록 애지중지 품어온 그것들이 실은 바꿔치기 된 이질적인 알들이었음을. 그 알에서 징그러운 파충류 새끼들이 깨어나고 있었다. 이제, 이 알을 얼른 깨트려 버리고 진짜 내 알을 찾아 품으러 날아가야 한다. 나는 슬픈 어미 새이다.

지금 내 슬픔은, 난황을 바꿔치기 당한 어미 새의 그것일까? 이제 어미 새는 그 어느 알들을 자기 것이라 믿고 품을 수 있을까? 나뭇잎과 꽃잎의 말, 바람의 언어를 빌리고자 함은, 이 번역도 소통도 불가한 슬픔 탓일까?

간혹 그렇지 않은 관계나 순간들도 있지만, 인간은 단 두 명만 모여도, 대화 속에서 서로 주도권을 쟁탈하려 애쓴다. 가족 또한 예외가 아니라 더욱 그러하다. 단체란 더 말할 것도 없다. 유사 이래, 애초의 본질과 취지가 흐려짐 없이, 중간에 어떤 권력의 속성에 굴복하지 않고 유지되어 온 인간의 단체가 있기나 했던가? 최근에 들은 바대로, 인간 사회의 고질적인 병폐들을 고쳐 보겠다고 누군가 나설 때마다 오히려 갈등이 깊어져 결국 더 엉망으로 망가져 왔을 뿐이니, 차라리 그냥 모든 걸 내버려둠이 최선인가 싶기까지 하다. 이쯤, 슬픔에 겨운 어미 새도 이만 날아가 버리랴?

어떤 말도 이제는 인간의 문법에 머물러서는 안 된다. 이 불완전한 소통의 도구는, 각자가 갇혀 있는 껍질까지를 녹여내지는 못한다. 서로의 말을 제대로 알아들을 수 없음은 누구나의 업보고, 우주의 수액을 혈관에 흘려보낼 언어를 발명하는 일은, 또 다른 누군가의 업이 될 터이다. 언어는 쇄신되어야 할 발명품이다. 사랑이라는 어휘가 닳고 닳아 그 에센스가 휘발되었다면, 그 사용을 사양하고 대신에 사향 가득한 다른 단어로 갈아줘야 한다.

일상을 버티던 내 트릭과 기도들이 위협받고 있다. 어미새의 눈물을 담아 밭고랑에 뿌렸다. 당분간은 거기에서 열리는 것들로 연명할 거다.

말은 점점 유해해져 가고 있다. 그러니 말은 곧이곧대로여서만은 안 된다. 그것은 혼란을 초래하고, 그 진심이 전달되기도 전에 분석되어 꼬투리만 잡히곤 한다. 이 시대의 청자들을 불신하고, 또 다른 청자인 나 역시도 불신한다. 이제 우리는, 진실을 느끼고 짐작할 여유와 겨를이 적어졌다. 답답한 귀들을 향해 거듭 외치다 보면, 지레 지친 진심은 자기 자신을 원망하고 의심하게 된다.

교란하고, 흔들고, 가로질러 명중시키는 언어가 모색되지 않을 수 없다.

새로운 언어, 어미 새 눈물의 미래다.

Au revoir! A demain!

그저 스쳐 지나가듯이

이른 저녁이다. 아직 밖의 볕이 저렇게 음탕하다시피 난무하는데, 안에 처박히는 일은 조금도 아늑하지 않은 데다, 아늑함이 달콤할 계절도 아니다.

램 카페 일기는 가을에 시작했다. 역시 서늘하거나 추운 계절이어야 이 공간이 더욱 아우라를 갖는 게 아니었을까 싶기도 하다. 지금은 시원한 음료와 테라스가 이상적으로 어우러지는 계절이지만, 그럴수록 내가 찾는 '안'은 찾기 어렵다. 나는 지금 충만과 권태의 리버서블 점퍼를 입고 이 계절을 견딘다.

영원히 태어나지 않을 아이처럼 눈을 감고서, 세상 밖으로 나가길 저항한다. 나가는 순간, 감당하기 힘든 빛이 내리 가격하겠지? 어둠이 나의 집이고 그 속에서만 볼 일이 있다는 듯 나는 서성인다.

카페 실내는 어느새 사람들로 가득하다. 세 군데서 대화의 꽃이 피어난다. 다른 꽃 무리 따윈 아랑곳없이, 서로 지지 않겠다는 듯 부풀어 오른다. 이 웅성거림, 일정한 템포로 강세가 들어가는 바이올린의 탄력 있는 질주. 곧 나는, 시간을 가로질러 어느 다른 곳에 태어나 이 어슴푸레한 봄의 일각을 기억한다.

그렇다면, 지금의 나는 또 어느 누구의 회상이냐? 그렇지 않고서야, 어쩌면 매일같이, 오늘은 무슨 의욕을 쥐어짜 볼까 하는 심정으로 살아갈 리 있겠는가? 사랑하는 이를, 가족을, 친구를, 동포를, 세상을, 나 자신을, 그 어느 것도, 그것을 위한다고 외칠 수가 없다. 외쳐지지 않는다. 가끔 그런 심정이 간절히 든다 싶을 때가 있지만, 주로 술이 들어간 취기 속에서다. 내가 누구를 위한다면 그것은 진심이 아니라 감상에서다.

무관심하고 무심한 채로 있다. 나답다. 사실은 다른 이들도 마찬가지인데, 그들이 이런저런 명분을 내세워 자신을 더 많이 속일 뿐이라고 믿은 적도 있다. 가끔은 누군가의 멱살을 잡고 진심을 묻고 싶을 때가 있다. 많다. *"당신 지금 하는 말 진심인 거야? 아니면, 그래야 한다고 받아들여짐 직한 당신을 연기하는 거야?"*

대상뿐 아니라 충만이나 각성 또한 위한 적 없다. 꿈속으로는 목적을 끌고 들어온 바 없으니, 여기를 꿈속이라 여기는 것이다. 꿈 치고는 너무 리얼한 리얼로 느낀 적도 있었다. 몇 개의 세팅을 달리 조정하고 나자, 그런 착각은 사라졌다.

꿈은 잘 체험됨이 목적이니, 또 다른 목적을 초대할 수 없다.

그 안에서도 제법 자잘하고 그럴듯한 감정들이 일어나지만, 불분명하게 지나가는 화면에 그리 썩 잘 몰입이 되지는 않는다. 특히 요새, 어느 화면에도 오래 머물 수 없게 만드는 시간의 가속성은 꿈의 빠른 종료를 의심케 한다.

사랑하는 이의 마음을 오로지 내 것으로 붙들어두려면, 아이러니하게도 그 대상에 대한 일체의 마음의 권리를 포기해야 할지도 모른다. 집착의 강도가 조금만 더해져도, 그만큼 상대는 버거워질 테니까. 상대의 마음을 끌려면 오히려 상대에 어느 정도 개의치 말아야 한다는 역설이 작용한다. 독립적 존재야말로 매력적이기 때문이다. 고로, 마음과 대상에 관한 한 우리는 진실로 아무것도 소유할 수 없다. 서로 적당히 관여되는 것까지는 가능하지만 '적당히'는 가장 어렵고 애매한 부사이니 여기서는 의미 부연을 미뤄둔다.

그러니 사랑한다면, 눈앞에서 매 순간 마음을 다하여 전송하라.

누군가의 넘어가는 책장처럼 살아가고
모든 것은 저절로 가게 놔두고
나라는 책을 넘기는 손가락과 눈빛을
느끼고 기억하라.
날들은 본질상 모두
홀리데이.
모든 날을
쉬고, 놀고, 기념하라.

Au revoir! A demain!

천변에 앉아 사방의 장미를 본다

천변에 앉아 사방의 장미를 본다. 여왕님의 꾸지람을 받은 병정들이 칠하다 만, 얼룩덜룩한 장미도 여기 어딘가에 있을 터이다. 이곳은 벚꽃으로 유명한 동네지만, 이 천변은 벚꽃보다 장미가 더 알뜰하다. 장미는 향기를 제법 오래 방전시킨다.

이곳에 오기 위해선, 아주 잘 차려 먹지 않을 수 없었다. 요새 심신이 엉망이라 이곳에 올 만큼의 삶의 리듬을 여간해선 만들기 어려웠다. 머리와 온몸이 뿌연 안개로 감싸져 버린 듯한 날들이 며칠 계속되었다. 독서나 작업을 하려 들면 심각한 시력장애가 일어났으며, 정신은 때때로 우주의 흑암 지대를 서성이다 실종되었다. *이런 나를 사람들에게 어떻게 설명해야 할까? 어지러웠다.*

휴일인 어제와 오늘, 최대한 잘 차려 먹으려 노력했다.

나는 종종 혼자서 파티를 누린다. 반드시 누군가를 초대해야 파티가 성립되는 것은 아니다. 음식을 준비하는 호스트인 나, 먹으러 걸어오는 나, 그리고 보이지 않는 또 다른 나. 그리고 오후 고개를 넘어가기 전, 충분히 지상을 어루만지는 햇빛.

오늘처럼 볕 좋은 날을 맞아 이불 빨래 돌리는 세탁기 소리, 고양이가 간식 달라고 보채는 소리. 그리고 천변을 향해 걸으며 거리에 가득한 소리를 쓸어 담았다. 평온해진 마음 위를 구르는 자동차 소리는 더는 소음이 아니다. 소음이 아니라 자명한 책처럼 잘 읽히는, 결 담은 활자들이다. 바퀴들은 붕붕, 말을 한다. 개개의 바퀴 소리는, 그것을 모는 자의 심성 번역기가 된다.

천변을 빙 둘러 분홍빛 연등들이 펄럭인다. 내 신발 속에 또 어김없이 기어들어간 한 알의 모래가 신경 쓰인다. 신는 순간엔 모르다가, 걸어가면서야 문득 묘하게 걸리적거리는 한 알의 모래. 언젠가부터 이 현상을, 삶을 움직이는 추동력의 은유로 여기고 있다. 모쪼록 나는 발걸음을 부단히 옮길 테다. 발바닥의 모래 한 알이 영 석연치 않으므로, 탐구된 바 없는, 여백에 속하는, 아무렇게나 널브러진, 눈에 띄지 않는 것들 앞에 발을 멈출 것이다. 그것들은 항상 보석을 품은 태胎의 모양을 하고, 나는 까마귀 같은 본능으로 이를 발견한다.

여백의, 넝마의 콜라주를 완성하리라.

재즈처럼 길어지는 낮, 오늘의 여백 찬미 끝.

Au revoir ! A demain !

딱 어울리는 한 개의 단추처럼

본 적 없이 싱그런 햇빛이다. 강도가 완전히 순화되어 오로지 미소만을 머금은 햇빛이다. 가장 좋아하는 햇빛이라고는 말할 수 없다. 나는 태양의 여러 음계에 반응하기 때문이다.

램의 실내에선 들어본 적 없는 실로폰 음악이, 공간의 여백을 구석구석 깨우며 칠해 나간다. 자연은 음계이니, 음들은 서로의 높낮이가 섞여 변주되어야 한다. 정지된 하나의 아름다움은 이상적이지 않다. 가장 좋아하는, 최상의, 최고의 것이란 표현은 가치의 탁월함을 일컫기에 적합할 뿐, 그런 가치의 독재적 군림은 그만큼 삶에서 가능한 다른 즐거움들을 박탈해 버린다. 그래서 잔잔함이 미덕이 된다. 존재가 존재를 독식하고 점령하지 않는다면, 우리는 언제까지고 서로에게 유익하게 남을 수 있다.

또, 어차피 오래 살아야 하니, 정열 또한 순화된 햇살처럼 좀 더 쪼개져 배분될 필요가 있다. 정열 덩어리 자체의 에너지는 다소 급진적 해소를 갈구하는 면이 있는데, 이 지극한 목마름 바깥의 여백에 깃들어 있을지 모를 또 다른 풍요는 어쩔 것인가?

오전에 비가 내려 대기가 약간 식었다. 긴소매 옷 위에 손수 짠 니트 조끼를 걸쳐 입고 나와 다리를 건넜다. 그런데, 오래전에 짠 이 조끼의 단추들이 다시금 새로이 거슬렸다. 손뜨개 옷의 보드랍게 늘어진 실의 질감에 비해 지나치게 크고 둔탁한 단추들. 이 옷과는 불협화음이다. 이 상태를 무려 7년이나 방치했기에, 볼 때마다 매번 똑같이 미세한 불만에 빠져들곤 했다. 아예 단추 때문에 옷에 정이 가지 않을 지경이었다. 가끔 꺼내 입을 때마다 단추가 바보 같아 보였다. 이걸 해결해야겠어…. 다리를 건너며 혼잣말했다. 왜 이 생각을 진즉에 하지 못했을까?

비할 나위 없이 튀는 우리 각자에겐, 어울리는 자리가 따로 있다. 실로 짠 음계인 옷. 그 옷을 완성하는 단추. 아무래도 이 오후엔 단추를 고르러 가야겠다. 이만 총총.

Au revoir! A demain!

양 한 마리, 두 마리, 열세 마리, 백스물네 마리……

양들은 이리저리 떠돌다가

누군가의 머릿속으로 들어가 타인의 기억이 될 거야.

- 양안다, '양을 흘리고 있었다, 내가' 중에서

De l'été à l'automne 시리우스 망고 스무디
다시 은하수 다리

태양의 미래

램 카페에서 음료에 시럽을 넣고 뒤를 돌아보니, 이미 해가 넘어가 있다.

어제 홀리듯 읽은 휴먼 디자인 관련 책에는, 20억 년 후엔 아예 태양조차 소멸한다고 적혀 있었다. 그동안은 인류 혹은 지구의 종말 정도가 관심사였는데, 태양의 사라짐이라니 생각도 못 한 스케일이다.

테이크아웃 카페라테를 마시며 천천히 석양을 볼 참이었지만, 해는 벌써 밤으로 쉬러 떠났다. 천변 무대에는 아이들 셋이 공놀이를 하고 있다. 아이들의 머리만 한 공. 저 어린 태양들은 어느새 머리털을 쥐어뜯으며 자라나겠지?

20억 년 후라면, 미래라고 부르기엔 너무 장대하다. 그냥 '없음' 자체다. 어제 읽은 책이 그려 보이는 시간의 개념에 비추어 보니, 오늘내일, 몇 달, 일 년, 십 년, 나의 일, 동네일, 나랏일, 세계일 따위가 아득히 멀어진다. 갑자기 아무런 신경도 쓰이지 않는다.

일체의 지음이 허망으로 귀착될지도 모를 이 거대한 시간의 스케일 앞에선, 순간순간에 깊이 일치된 살아감 말고는 다른 수가 없다.

Au revoir! A demain!

초승달과 금성이 뜨는 저녁

이 동네는 예사롭지 않다. 처음엔 벚꽃 시즌의 아름다움에 이끌려 이사 왔지만, 이곳은 단순히 살기 좋은 곳 이상이다. 뿌리로부터 깨어난 낱낱의 세포가 꽃잎이 되어 펼쳐지는 축제의 무대다.

개인에게는 어울리는 토양이 저마다 따로 있다. 보편적으로 살기 좋은 곳이란 실은 어느 정도 제한적 개념이다. 옷과 단추의 조화처럼, 자신과 잘 맞는 장소를 찾는 일은 인간관계의 궁합만큼이나 자아의 생존과 번영에 필수적이다.

그래도 어제는 그럭저럭 어울리는 단추를 골라냈다.

황혼 녘, 천변을 따라 걷는 사람들을 내려다보며 다리를 건넜다.

어느덧 하늘엔 초승달과 금성이 빛난다. 달의 눈썹 아래 걸어간다. 나 자신도 스스로를 잘 모르므로, 자기가 알지도 못하는 자신을 제대로 경멸할 수도 없을 거라고, 내 옆인지 안에서인지 모를 누군가가 속삭인다. 자기라는, 아직도 잘 모르는 누군가가 그려갈 저 그림. 우리 각자는 깨어나야 할 순결한 타자他者들이다. 그리고 잠결에 속삭이다, 어쩌면 악몽을 흔들어 깨워줄 천사들도 알게 모르게 우리 곁에 있다.

Au revoir! A demain!

흠모를 흠모하는

누군가 내게 왜 사느냐, 무엇을 바라 사느냐, 무슨 낙으로 사느냐 묻는다면, 나의 답은 간단하다. 흠모하니까. 흠모하고 싶어서. 흠모 가득한 세상이니까. 더 나은 답이 있을까 싶다.

음악을 흠모하고 바람을 흠모하고, 구름을, 아무렇게나 놓인 돌들을, 스쳐 지나가는 모든 것들을 흠모한다. 아직은 만난 적 없는 나 자신을 흠모하고, 궁극적으로는 흠모를 흠모한다.

더 잘 흠모하기 위해, 흠모를 기르는 법을 배우고 싶어 이 초저녁, 음악 학원에 등록했다. 파랗고 하얀 음계의 구름과 초록 화음의 숲에서 길을 잃고 싶었으므로.

장난감 목마를 되찾아 잡아타고 다시 날아갈 터이다. 너무 오래 나는 늙은 척을 해 왔다.

무위란 일부러 위하지 않음이니 딱히 추구될 수 없지만,

흠모는 우리 불쌍한 마음에 열린 자유이므로, 나는 그것을 애용하기로 한다. 흠모의 주머니에 나를 담고 흔들려 보겠다. 무거워진 욕망이 터져버려 그 안의 모래가 줄줄 흘러내려 수북해진들, 그렇게 달아난 노래들은 바닥에 구르면서도 반짝이길 멈추지 않을 것이다.

태양을 돌리던 손잡이가 스르르 멈추었다. 풀 문Full Moon의 내리깐 눈썹 그림자를 밟아 귀가할 것이다. 끝나지 않는 밤 저편으로, 내 흠모의 등을 거듭 떠밀며, 언제나 저편에서, 너인 동시에 나이기도, 그인 동시에 그들이기도 한 누군가가, 내가 주워 먹으며 걸어갈 일용할 빵조각들이 널린 만큼의 거리를 빗으며 나를 불러 세우고, 다시 걷게 하고, 더러 춤추게 할 것이다. 시간의 낡은 껍질로 내 표피를 삼지 않고, 매걸음마다 새로 태어날 수 있게 매번 최초인 걸음마를 시킬 터인데, 내 모든 걸음은 끝없이 서툰 만큼 말할 수 없이 사랑스러울 것이다. 세상이라는 피아노 건반을 밟아 울리는 내 탭의 잔음은, 지축에 닿을 것이다.

Au revoir! A demain!

양들을 우리로 부르는
긴 저녁
뿕고동 소리

익숙한 음률이다. 몇 음을 되짚어보니, 알겠다. 프랑스 가수 엘렌의 *Ce train qui s'en va.* 지난 시절의 곡조가 부드러운 피아노 음으로 흘러나오는 램 카페. 추억과 현재가 묘하게 공존한다.

작은 파티션을 경계로, 바로 왼편에서 로스팅 기계가 돌아간다. 으쉬으쉬으쉬…. 은빛 관이 달린 이 빨간 분쇄기는 침묵할 때마저도 그 안에서 우물우물, 이야기를 소리 없이 갈아낸다. 그래서 나는 저절로 그 옆 테이블에 앉곤 했다. 이 가라앉은 붉은색 기계 속으로 빨려 들어가면, 세계의 외지고 낯선 어느 벌판에서 다시 깨어날 것만 같다. 물론 그곳에 아름다운 이야기가 기다리란 보장은 없다. 악몽일지 모를, 달의 뒷면보다 더 음침하고 끔찍한 일들을 목도하게 될지도 모른다.

끔찍하지도, 죽음을 품고 있지도 않건만, 요즘 내 이야기는 검은빛을 덧입고 있다. 끝 면이 예리하게 다듬어진 자(尺)라던가 동전 끝으로 슬슬 밀어내, 그 안의 영롱한 빛깔을 드러내어야 한다. 하지만 7월이고, 나는 자를 집어들 기운조차 없다.

매년 장마철이면 음기가 짙게 우거진다. 공기는 어디로도 떠나지 못하고 그대로 멈춰, 깊은 피정에 든다. 흐름이 멈춘 진공 속, 어떤 물고기도 헤엄치지 못하고 정지한 채 꿈속에 잠긴다.

작년 가을, 이곳에서 나날이 삶에 도취했지만, 외적 상황이 좋아서는 아니었다. 의식의 가장자리로 밀어두려 해도, 현실 문제들은 어느새 중앙으로 기어올라와 한 번씩 고름처럼 터져 버린다. 작년에도 지금도 하나의 문제는 여전히 오리무중. 내년 이맘때는 다르리란 법도 없다.

언제나 연락을 보류하며 약속일랑 거의 지키지 않는 무리들. 불분명한 언질로 상대의 진을 쪽쪽 빨아들이는 뱀파이어 같은 행태. 이런 인물들이, 아무 답도 주지 않은 채 변명이나 빙빙 돌리며 거짓말의 일상화로 연명하는 어떤 정치인들보다 딱히 더 낫다고 여겨지지 않는다. 본질이 다르지 않다면, 누가 누굴 비난할 것인가? 그래, 다 같이 망해보자. 우리 모두를 보따리에 몽땅 싸서 오대양 한가운데 풍덩 빠뜨려 버리자. 날도 더운 마당에.

이렇게 씩씩거리던 끝에, 길게 뿔나팔을 불어 멀리 나간 양들을 불러들이듯, 좀 더 에너지를 안으로 그러모으기 위해 또다시 램 카페로 왔다. 귀를 늘어뜨리고 돌아오는 내 양들. 성난 뿔들을 앞으로 향하고 고개를 수그린 채, 아직도 햇빛의 잔열이 남은 털들을 뭉실뭉실 무리 지어, 그립고 안심되는 하나의 소리를 향하여 간다. 이렇게 램 카페는 양들의 우리이자 사원이 된다.

저녁의 최초 푸름이 셀로판지처럼, 카페의 수많은 창유리에 스며든다. 나는 여름 저녁을 가진다. 수십 년 전에도 가졌었고, 이후 드문드문 가지다가, 실망이 열망의 어깨를 죄다 주저앉힌 날들 끝에, 다시 그것은 내게로 온다. 창안 가득 들어온다.

회당의 양들은 설교 대신 긴 음악을 들으며, 곱슬한 털들을 서로 기대어 휴식한다.

옆에서 커피를 갈던 청년이 잠시 일을 멈춘다. 갓 간 커피 향이 진동한다. 내 이어폰 안으로 키스 자렛의 *Bach Goldberg Variations*가 명쾌하게 상응한다. 어느새 카페 안엔 사람들이 도란도란, 웅성웅성한다. 빈자리가 거의 사라진다.

이 카페를 드나든 지도 어느덧 일 년. 이 카페엔 언제나 내가 앉을 자리가 있었다. 나는 늘 속할 곳을 찾지 못하는 사람으로 살아왔다. 내가 깃들었던 곳들은 낡거나 파괴되거나 사라졌다. 이번엔 머물러 볼까 하면, 번번이 이상한 일들이 일어나, 나를 밀어냈다. 램 카페는, 툭하면 세상과 연을 끊고 싶어 하던 내가 처음으로 마음을 준 카페다. 보헤미안에게도 마음 내려놓을 한군데쯤은 있어야 한다.

밖에선 머물 곳을 찾지 못하던 끝에, 나는 글을 지어 건축물처럼, 손뜨개 옷처럼, 그 안에 거주했다. 내 글이 세상과의 연결이 될지, 남루한 내가 세상에 보탤 만한 유익이 될지, 아직은 모른다.

이제 다시 세상과 연을 끊을 때. 이번이 가장 고난도다. 세상에 살되 세상과 연을 끊는 일. 좀 미친 곡예, 외줄타기.

이 카페에 드나들기 시작함도, 새로운 곡조를 쓰기에 적합한 풍토라 여겼기 때문이었다.

요 며칠, 아직도 내가 맞이할 실망이 이다지도 수북함에 절망했다. 이쯤에선 실망은 실망대로, 나는 나대로 살기!

요사이 그나마 좋았던 일은, 피아노 학원에 등록해 메이저와 마이너 코드에 익숙해졌다는 것이다. 무성한 마른장마 속, 땅, 하는 음만이 도낏자루가 되어 갖은 지저분하고 지루한 시간을 내리찍는다. 땅, 따당. 강철 연꽃잎 한 장을 떼어 날려 악마의 이마를 명중시키리라. 땅. 따당.

Au revoir! A demain!

우기에 마르는 샘

바깥에 대한 포기가 충분치 않다. 아직도 나는 우뚝 선 나무들에서 '기대'라는 수액을 받아내려 애태운다. 나를 비웃지 않는 세상은 가상밖에 없음을. 나를 비웃지 않는 개인들은 존재하나, 그들이 모여 만든 공간이란 미심쩍다. 무언가를 기다리는 한, 그 기다림의 대상은 오지 않고 멀어지는 것만 같다.

안심하기 위해 어떤 생각을 시작하는 버릇은, 애초에 들여서는 안 된다. 어디론가 떠날 때는, 살아 돌아오지 않음을 염두에 두어야 한다. 자기라는 동물을 부양할 사료를 너무 적재해서도 안 된다. 배가 멀리 가지 못하리라. 귀환하여 누군가의 품에 안기는 것도 상상조차 하지 말아야 한다. 떠난 이상, 남은 이들은 변하고, 늙고, 나를 잊을 것이다. 더욱이, 돌아온 나를 더는 알아보지 못하리라. 그러니 페넬로페라는 이름을 지운 채 떠나야 한다. 고향의 품이라던가 금의환향을 꿈꾸면, 떠남이 얄팍해진다.

펜이 닳아, 더는 쓸 수 없었다. 어디로 가야 할지 서성이는 저녁, 바람에게 노래를 불러주며 집이라 불리는 곳으로 돌아왔다.

Au revoir! A demain!

얼마 남지 않은 일기

이제 출국이 한 달 남았다. 짐을 싸는 데만도 여러 날이 걸릴 것이다.

예쁜 명함을 찍어놓고도, 건넨 사람은 다섯이 채 되지 않는다. 그래도 혹여 누군가에게 건넬지 몰라 갖고는 다닌다. 명함에는 직업, 소속, 직위 말고도 자기를 가장 잘 나타낼 무언가를 넣어야 한다. 우리는 늘, 남에게 보이는 자격의 틀 안에 자신을 구겨 넣는 훈련을 받아 왔지만.

그래서 대다수는 서태지가 될 수 없는 것인가? 기실, 서태지처럼 되려면 정작은 서태지처럼 되는 게 의미 없기도 하다. '서태지 되기'의 의미는 역설적이게도, '서태지같이 되지 않기'에 있으니 말이다. 우리는 그 누구처럼이 아닌 각각의 누군가가 되거나, 굳이 무언가가 되지 않고도 그냥 있을 수 있어야 한다. 무언가가 되어감(becoming)이란, 그 과정을 경험함이 최상의 가치일 뿐, 이후(after)가 이전(before)보다 흔쾌히 탁월하리란 보장은 없다. 특히, 자신을 세상에 이미 존재하는 서랍 속에 끼워 맞추려 든다면, 그 after는 생각보다 참혹할 수도 있다. 기왕이면, 세상의 서랍을 닮은 직사각들과 테이블, 반듯한 길과 모서리들이 웅성웅성 나를 질투하도록 살아갈 것!

작년 가을, 이 일기를 시작할 무렵부터 내 삶은 야릇하게 북적거렸다. 갑자기 주변에 사람이 들끓었다. 동네를 산책하다 고양이를 구경하러 들어간 카페에선 밥과 술을 얻어먹었고, 두 군데의 이상한 파티에 즉흥적으로 초대되었으며, 그중 한 곳에서 만난, 인도에서 생의 절반을 보낸 누군가는 자꾸만 나더러 인도로 오라고 꼬드기기도 했다.

이 천변에는 마법이 서려 있다. 여기를 거니는 동안, 분명 처음에는 나 혼자였는데 어느덧 같이 차 마실 누군가가 생겨났다. 나는 이 천변의 앨리스로 남아, 왜가리와 오리들, 들쥐와 장미, 키 자란 풀들과 이야기를 나누었다. 벚꽃의 임종을 지켜보았고, 유리디스를 찾아 저승으로 떠난 오르페를 애도했다.

이내, 무성한 계절이 왔다. 지난가을에서 이 여름 사이, 새로운 만남만도 몇 개. 그동안 히키코모리처럼 살아온 나는 여러 번 관계들의 고삐가 버거워졌고, 관계의 유익을 담아 넣을 바구니조차 미처 짜 놓지 못했다. 그러는 사이에도 새로운 인연들은 느닷없는 들고양이처럼 튀어나오고, 더불어 춤추는 법을 모르는 나의 솔로 스텝은 아직 처량하다. 게다 나는, 줄이 느슨해졌는데도 계속 춤춰야 하는 마리오네트 같다.

오늘은 간만에 '긴 하루'를 살아냈다. 제법 기쁘다. 잘 차려 먹고 나서 산을 올랐다. 매미는 맹렬했고, 풀들조차 공격적이었다. 지금 온 산을 섬령한 흰 진드기들이 어떤 경로로 절멸해 갈지, 자연 생태계에 맡겨둘 뿐이다. 어쨌든 진드기가 가득한 벤치엔 앉을 수 없었다. 곧 하산하여, 음악 학원에서 피아노 연습을 하다 이 카페로 왔다. 자매가 번갈아 일하시는데, 오늘은 동생분이 자리를 지키고 있다.

곧 천변의 징검다리를 건너 귀가할 터이다. 10년 전에는 갑천의 징검다리를 건너 도서관과 만화방을 오갔다. 돌아오는 밤, 총총한 별 아래를 걸으며, 앞으로 살고 싶은 삶에 대해 친구와 이야기를 나누었다. 징검다리를 건널 때마다, 앞날에 대해 별 구체적인 그림 없이도 가슴이 충만해지곤 했다.

그때와 비교해 지금은, 여기저기 몸이 불편한 것 말고는 나쁘지 않다. 몸이 문제이긴 하지만, 점점 더, 어쨌든 원하는 삶을, 예기치 않은 즐거움들을 계속 만나게 되리라.

becoming의 족쇄는 던졌고, 동시대가 내게 씌울 만한 올가미들은 어지간히 무관하게 두었다. 자발적 즐거움 말고는 모두 delete. delete. 어차피 정신 나간 세상은 저 스스로 길바닥에 주저앉아 헛소리하게 두자. 갖은 훈계의 목청을 피하고, 어떤 명분으로든 나를 압도하려는 자를 경계하고, 자기 짐을 미루어 내 어깨에 얹으려는 사람을 피하면, 그럭저럭 또 살아갈 만할 것이다. 그런데 이것만도 내 허접한 내공으로는 꽤 세심한 주의를 요한다.

노곤해 온다. 집에 가야지. 이 저녁, 절굿공이에 꿈가루를 빻는 8월의 토끼가 되어야지.

Au revoir! A demain!

구름의 방백

낮은 구름에 포위되어 떠밀려왔다.

구름의 대열은 리허설 중이었다. 입장과 퇴장, 진의 배치와 교대를 연습하고 있었다.

'아직 진짜로 노래 부르진 않을 거야. 지금은 간간이 쉬어두어야 해. 아… 졸려.' 무거운 눈꺼풀과 간혹 희게 빛나는 무릎을 접으며, 구름은 나직한 목소리로 중얼거렸다. '우리를 지켜보다가, 노래가 시작되면 첫 화음 진행을 베껴 적어줘. 우리가 흘러간 곳마다 군데군데 징검다리를 놓아줘. 우리 노래는 곧 넘쳐날 거야. 지상이 강이 되기 전에, 어서!'

음악 학원을 나와 걸었다. 땅이 물컹해져, 바닥은 귀신들린 피아노의 페달처럼 들썩였다. 계속 걸었다. 천변을 따라 벌레들의 오케스트라는 끊이지 않아, 한 무리의 현악 세레나데 악대가 바이올린과 그 친인척 악기들을 들고 줄

곧 나를 따라왔다.

그리고 여기, 나의 베이스캠프 램 카페. 여분의 시간 조각들이 모여든 곳. 살아 있는 것들로부터 동그라미, 네모, 세모 등 온갖 형체라 불리는 것들을 오려 내고 남은 여백들이, 사람들의 옷자락에 묻어 들어와 머무는 곳. 의미 바깥 의미들의 사우나이다.

구름의 노래에 쓰일 음표들을 찾는 중이다. 자몽 스무디를 주문하고, 카드 사인은 언제나처럼 높은음자리표. 미지를 작곡하여 구름의 한을 풀어 주리라.

구름 대기소에는 자루들이 가득하다. 지상의 슬픔들이 어떻게 하늘에 전달되는지, 누구도 묻지 않은 지 오래다. 슬픔의 생육은 자발적인가? 슬픔은 매번 새로 자라나므로, 각 개체가 홀로 감당하기엔 역부족이다. 어떤 한계치까지는 껴안고 살지만, 과해지면 우리는 숙면할 수도 다시금 태양을 맞이할 수도 없게 된다. 매일 혹은 주 단위로, 넘쳐나는 분량을 조금씩 덜어 담은 자루를, 아무도 눈치채지 못하게 구름 저장소로 데리고 가는 수호신들이 있다. 각자에게는 각각의 자루가 있다.

잉여의 슬픔은 한껏 고조되었다가, 지상에 내려와 초목을 적시고 강물을 다시 채운다.

반면, 또렷이 오려진 도형이라던가 형체를 제법 차려입은 것들은, 세상의 잘 꾸며진 극장으로 향한다. 이 오디션장 외벽에 길게 빼곡히 줄을 선 도형들의 늘 전방위인 시선 뒤로는, 자루의 행렬들이 밤을 건너간다.

베란다에 앉아, 자루의 끝을 스르르 풀면, 몹시 예쁜 눈을 가진 우수憂愁가 눈썹을 치켜올린다. 한 개의 자루를 펼치면, 곧 한 개의 하늘이다. 그리하여 우수는 밤새 깜박인다.

우주에선 우수들이 때로, 떼로, 우수수 떨어져 내리기도 한다.

자루 관리소엔 올여름 휴가가 없었다. 이 가을, 내가 서천으로 떠나면, 친구들이여, 간혹 서쪽 하늘을 바라봐다고. 거기, 떨어지지 않을 내가 줄곧 깜박일 테니. 엄살을 떨며 이렇게 말할 거야. *"여긴 많이 춥다고."*

Au revoir! A demain!

다시 은하수 다리

이곳으로 오려면, 반드시 다리를 건너야 한다.

한 달도 더 전, 마지막으로 여기 왔을 때 이 다리는 공사 중이었다. 오늘은 감쪽같이 보수되어, 나를 이쪽에서 저쪽으로 연결해 주었다. 이쪽은 내 집이 있는, 잡다한 생활의 장소이고 저쪽은 램 카페, 맛난 차와 과자, 필기구와 상념이 놓이는 정제된 공간이자, 다른 계界로 떠나는 터미널이다.

나는 새로운 별이 되어, 뜨기 직전 이 다리를 거쳐 간다.

한 달 보름 만에 이 익숙한 자리, 빨강 로스팅 기계 옆으로 돌아왔다. 일 년간 애지중지해 온 무지개색 노트를 열어보기 전에는, 이 램 카페 일기를 시작한 날짜가 정확히 일 년 전 오늘이었는지 확신할 수 없었다. 오늘 혹은 그 부근일 거라 막연히 추측했을 뿐.

과연 이날이 맞았다. 노트의 페이지는 이제 77페이지에 달하고 있다. 이 불규칙한 일기는 한 달에 두 번일 때도, 한 주에 두 번일 때도 있었다. 이야기들은 시답잖은 일상의 것들이었으나, 램 카페가 변함없이 제공하는 양털 같은 온기와 풍성함을 빌려 입을 수 있었다.

그리고 오늘도 여전하다.

사실 며칠 전까지는, 램 카페의 불빛을 멀리 바라볼 때마다, 간간이 의혹을 집었다 놓곤 했다. 이 카페의 아우라는 더도 덜도 아닌, 나 자신의 주관적 환영일 뿐이지 않을까? 그러면 그것은 얄팍한 파이렉스처럼 부서지는 순간이 오지 않을까? 그렇다면 우습고 초라하겠구나. 나는 외로운 나머지 별별 환영을 다 빚어내고 있는 건가, 하고.

'어쨌든, 귀국하였으니 이제 램 카페도 다시 가야겠지?' 하면서도, 여기 오길 은근히 미뤄왔다. 혹 이 공간의 마법이 오간 데 없이 사라진 건 아닐까 걱정되었다.

그런데 집 문을 열고 나와 엘리베이터 앞에 서면서부터 느낌이 왔다. 램 카페에 가는 길마다 나를 방문하곤 하던 그 리듬이, 또다시 나를 에스코트하고 있었다.

정중하고 다정한 손짓과 더불어, 그는 침묵으로라도 이렇게 말하는 듯했다.

"여기, 이 세상에서는 당신이 스스로를 훨씬 별 볼 일 없게 느낄 거예요. 그러나 다른 세계에서는…. 당신은 거기에서 왔죠. 이 몸이라는 옷을 입은 이상, 지금 당장은 돌아갈 수 없지만, 하루 중 어떤 시간, 어떤 통로를 통해서는 잠시 다녀올 수 있답니다. 그리고, 아마도 잘 알아채지 못하셨을 것 같아서 말씀드리는데, 그 길을 되돌아갈 때마다 제가 번번이 당신을 동반해 왔다는 것을…."

아, 이제야 알겠구나. 그가 바로, 일 년 전 꿈속에 나타났던 9월의 토끼였다는 것을. 옷을 입은 토끼가 쟁반에 다과를 받쳐 들고, 나를 어디론가 데려갔었지.

그는 잠시 말을 멈추고 고개를 끄덕였다. 기다란 귀와 미소 띤 입가, 토끼의 얼굴은 이내 호랑이로 변할 듯하다가, 스르르 사라졌다. 그러나 그의 얼굴을 한 번 본 이상 앞으로 언제고, 나를 거드는 그의 팔을 느끼게 될 것이다.

오늘 뽑은 타로에서, 일 년에 한 번 나올까 말까 한 태양 카드가 나왔다. 누군가 내 정수리로 한 줄기 폭포수를 들이붓는 듯 온몸이 시원해졌다.

이 오후엔 새 옷에 새 구두를 신었다. 그리고 부랴부랴

봇짐을 꾸려 이곳으로 왔다. 새 구두를 신을 때면 늘 그러하듯, 아이처럼 집 안에서 신발을 신은 채 돌아다녔다. 구두 앞축으로 딸깍딸깍 페달까지 밟으며 피아노를 치다가, 그대로 카디건만 걸쳐 입고 총총히 다리를 건넜다.

작년에서 올해 사이, 참 많은 일이 있었다. 새로운 친구들도 사귀었고, 지난 한 달의 여행은 순식간에 지나갔다. 돌아와서는 줄곧 여행 후유증을 앓다가, 이제야 좀 정신이 든다. 오늘 엘리베이터 앞에서처럼, 가만히 있으면 온몸을 가득 채우던 미지의 음악이 돌아온 것이다. 이 음악을 느끼지 못하면, 살아도 산 것 같지 않게 만사가 무료해진다. 이제야 다시 이 동네와 연결되었다. 발걸음 하나하나가 저녁 공기와 착착 감기며, 존재하는 것만으로도 즐거워졌다. 무료는 치료되었다.

가끔, 파리 20구 벨빌의 몸 파는 여인들이 떠오른다. 건물 입구마다 도도히 서 있었다. 너무도 당당한 생활인의 표정. 그들을 흘긋 보는 이들이 숨기지 못하는 값싼 연민의 시선을 오히려 무관심하게 튕겨내는 듯한 그들의 존재감. 내 숙소 입구에도 영락없이, 구역 지킴이처럼 늘 같은 여성이 서 있곤 했다.

몸을 판다는 건 무엇일까? 그들 곁을 지날 때마다, 나는 아무렇지 않음을 가장하려 했다. 애써 상념의 끄나풀을 잡아당기곤 했다. 몸을 판다는 것은 무엇일까? 누구나 몸을 판다. 살아가기 위해 몸을 팔지 않는 자가 몇이나 되겠는가? '마음이나 영혼은 더 가볍게 팔지 않아?' 그들의 무심한 눈매는 그렇게 말하는 듯했다.

나는 언제나 미지와의 데이트를 즐긴다. 내게 데이트란, 그 어느 귀결에도 이르지 않는, 그 자체가 목적인 무엇이다. 램 카페의 나날들은 일 년에 걸친, 긴 하루 같은 데이트였다.

초콜릿 무스와 망고 슬러시를 먹으며, 조용히 일 년을 자축한다. 그사이 카페엔 점점 손님이 늘어난다. 자리가 거의 채워졌다. 다시금 웅성웅성, 소리가 불어난다. 어느덧 기분 좋은 피로감이 눈꺼풀을 누른다. *다음 꿈속, 이제 토끼는 나를 어디로 데려갈까?*

늘 그래왔듯, 다시 이렇게 적는다.

안녕, 내일 봐요.

Au revoir! A demain!

양을 거꾸로 세며 잠에서 깨어났다.

White Lamb

무엇을 쓰고 싶은가?
쓰고 싶다는 말을 쓰고 싶다

눈으로 덮인 어느 날이면
창 하나 그려 바라보고 싶다
문 하나 그려 열고 나가고 싶다

모든 풍경이 순례지로 변하는 아침
하이얀 순례자 되어 걸어간다

눈 위를 걸어가는
새하얀 양 같은 나날들

멀리선 보이지 않아도
온 무게 눌러 찍는 발자국

Finale

회전목마의 리듬으로 그려낸 고요의 소묘

어느 날, 하나의 카페가 내게 말을 걸어왔다. 그곳이 자꾸만 내 발을 잡아끄는 흔치 않은 마법에 감염되면서, 나는 일상 속 작은 여행을 꿈꾸었다. 나만의 은밀한 장소가 있다면, 그곳엔 남들 눈엔 쉬 보이지 않는 비밀한 약초 또한 숨겨진 법이라.

소꿉 살림들을 늘어놓고, 인형에게 혼자 말 걸며 끊임없이 조잘대는 소녀처럼, 나는 필기구와 찻잔을 놓고서, 눈앞에 보이는 것들은 물론 과거와 미래에까지 말을 걸곤 했다.

고양이처럼 장소에 집착한다. 몸 맡길 집 말고도, 마음 둘 곳이 필요하다. 이런 성소는 사람이거나 기억일 수도, 어쩌면 누군가의 미소 깃든 장소일 수도 있다.

사람의 받침 'ㅁ'이 'ㅇ'으로 둥글어질 때 그것은 사랑이 된다. 사각의 공간 속에서도 둥근 흐름이 생겨나면, 사람의 마음은 사랑이 된다. 마음이 회전목마를 타면, 그 오르락내리락 리듬에 이끌려 여기로, 저절로, 세계 전체가 다가온다. 내가 있는 곳이 곧 세계의 중심이 된다. 내가 떠나는 것이 아니라, 내게로 오는 세계를 응시하는 일. 오로지 내 구심력求心力에 의해 펼쳐지는 마음의 우주를 그린다. 아이의 놀이 속에 새로이 배열되는 세계. 내게 명상이란 눈 감고 침잠하는 것이 아니라, 아이처럼 되는 대로 노는 것에 가깝다.

언젠가 내가 가졌던 그날들은, 당신에게도 이렇게 물을 것이다.

'당신의 삶 속엔 사원이 있나요?

자신과 대화하고 있나요?'

자아의 발견은, 사회가 설정한 성패의 이분법을 벗어나 자기 존재 그대로를 응시할 때 이루어진다. 쉽지 않다. 늘 흔들리기 마련이다. 이미 사회화된 자아 속엔 성과와 등급을 매기는 사회가 들어앉아 내 속에서 목소리를 내기 때문이다.

그만큼 저항하는 나 자신의 목소리를 키워야 한다. 식물을 기르듯. 어떤 날은 더디고, 어떤 날은 쑥쑥. 어쨌든 꾸준히 빛을 향해 뻗어나갈 것이다. 이 식물은 이렇게 말한다.

"나는 흔들릴 것이다. 그러나 계속 자랄 것이다."

나의 글쓰기는 바로 이 저항의 과정이다. 내가 갖고 싶은 태도를 키우고 유지하려면, 사소해 보이는 것들을 소중히 바라봐야 한다. 거창한 철학이나 선언보다, 작은 순간들을 살피고 기록하는 일. 내 글쓰기는 단지 표현이라기보다, 삶에 말을 거는 방식이다.

이 세상엔, 없어도 세상 돌아가는 데 별 지장 없어 보이는, 거의 표도 안 나는 존재들이 있다. 하지만 그것들이 없어도 그만은 아니다. 없다면 영 서운할 현상이 지천이다. 나는 그것들을 여백이라 이름한다. 이 세상은 그 안과 곁, 그리고 바깥까지 촘촘히, 절대로 없어선 안 될 세계를 가득 머금고 있다. 고요, 충만, 정적, 신비, 마법, 그 무슨 말로 부르건, 바로 이 여백에 깃든 세계를 찾아 대화하고, 응시하며, 그려내고 싶었다. 그렇게 나는 램 카페에, 내 이야기 속에 복무했다.

이제, 그려낸 고요의 소묘를 내민다. 당신 속에 잠자던 고요가, 즐겁게 깨어나 양털처럼 북슬거리도록. 고요와 고요가 어깨를 나란히 포갠 장소를 이 책 속에 봉인한다.

양들의 친목

2025년 04월 12일
초판 1쇄 발행

글 하래연 (인스타그램 @ulfeena)
일러스트 오에리 (인스타그램 @oeriju)
발행인 박윤희

발행처 도서출판 이곳 **디자인** 디자인스튜디오 이곳
등록 2018. 10. 8 신고번호 제2018-000118호 **주소** 서울 송파구 백제고분로446, 송암빌딩 3층 3601호 **이메일** bookndesign@daum.net **홈페이지** https://bookndesign.com
팩스 0504.062.2548 **블로그** blog.naver.com/designit **인스타그램** @book_n_design

ISBN 979-11-93519-26-4(03800)

도서출판 이곳
우리는 단순히 책을 만들지 않습니다.
작가와 책이 마주치는 이곳에서 끊임없이 나음을 넘어 다름을 생각합니다.